百部红色经典

# 上海滩的春天

熊佛西 著

北京联合出版公司
Beijing United Publishing Co.,Ltd.

图书在版编目（CIP）数据

上海滩的春天 / 熊佛西著. -- 北京：北京联合出版
公司，2021.3（2023.5重印）
（百部红色经典）
ISBN 978-7-5596-4924-9

Ⅰ.①上… Ⅱ.①熊… Ⅲ.①戏剧文学—剧本—作品
集—中国—当代 Ⅳ.①I230

中国版本图书馆CIP数据核字(2021)第011744号

**上海滩的春天**

作　　者：熊佛西
出 品 人：赵红仕
责任编辑：夏应鹏
封面设计：李雅楠

北京联合出版公司出版
（北京市西城区德外大街83号楼9层 100088）
北京新华先锋出版科技有限公司发行
大厂回族自治县德诚印务有限公司印刷　新华书店经销
字数174千字　787毫米×1092毫米　1/16　13印张
2021年3月第1版　2023年5月第2次印刷
ISBN 978-7-5596-4924-9
定价：49.00元

# 出版前言

为庆祝中国共产党成立100周年，全面展现中国共产党成立以来中华民族辉煌的发展历程、取得的伟大成就和宝贵经验，集中体现中华民族的文化创造力和生命力，北京联合出版公司策划了"百部红色经典"系列丛书，希望以文学的形式唱响礼赞新中国、奋斗新时代的昂扬旋律。

本套丛书收录了近一百年来，描绘我国人民在中国共产党的领导下艰苦奋斗、开拓创新、改革开放的壮美画卷，充分展现我国社会全方位变革、反映社会现实和人民主体地位、弘扬社会主义核心价值观、讴歌中华民族伟大复兴中国梦的100部文学经典力作。

本套丛书汇集了知侠、梁晓声、老舍、李心田、李广田、王愿坚、马烽、赵树理、孙犁、冯志、杨朔、刘白羽、浩然、李劼人、高云览、邱勋、靳以、韩少功、周梅森、石钟山等近百位具有代表性的中国现当代著名作家。入选作品中，有国民革命时期探索革命道路的《革命的信仰》《中国向何处去》，有描写抗日战争的《铁道游击队》《敌后武工队》《风云初记》《苦菜花》，有描绘解放战争历史画卷的《红嫂》《走向胜利》《新儿女英雄续传》，有展现新中国建设历程的《三里湾》《沸腾的群山》《激情燃烧的岁月》，有寻找和重建民族文化自信的《四面八方》，也有改革开放后反映中国社会现状、探索中国道路的《中国制造》，同时还收录了展现革命英雄人物光辉事迹的《刘胡兰传》《焦裕禄》《雷锋日记》等。

本套丛书讲述了丰富多样的中国故事，塑造了一大批深入人心的中国形象，奏响了昂扬奋进的中国旋律。这些经历了时间检验的文学作品，在艺术表现形式、文学叙述方式和创作技巧等方面都具有开拓性和创造性，作品的质量、品位、风格、内涵等方面都具有很高的水准，都是有筋骨、有道德、有温度的优秀作品，很多作家的作品都曾荣获"五个一工程奖""茅盾文学奖""鲁迅文学奖""国家图书奖"等奖项。

为将该套丛书打造成为集思想性、艺术性、时代性为一体，展现新时代文学艺术发展新风貌的精品图书，北京联合出版公司成立了由出版界、文学艺术界的资深专家和学者组成的编辑委员会。他们从文学作品的历史价值、文学价值、学术价值、现实意义等维度对作品进行了深入细致的研读和筛选，吸收并借鉴了广大读者的意见与建议，对入选作品进行深入细致的分析与综合评定，努力将"百部红色经典"系列丛书打造成为政治性、思想性和艺术性和谐统一的优秀读物，向伟大的中国共产党成立100周年这一光荣的日子献礼！

# 目　录

# 上 海 滩 的 春 天[1]

## （四幕剧）

**时　间**

一九四九年春——一九五六年春

**地　点**

上海

**人　物**

王子明——元丰纺织厂的经理，五十二岁，英国留学生。

丁静芳——其妻，四十八岁，三十年前某教会女中毕业生。

王秀珍——其女，某大学一年级学生，二十二岁。

王长华——其子，某高中三年级学生，十九岁。

王子澄——其弟，华生橡胶厂的经理，四十二岁，某教会大学毕业生。

赵国初——元丰纺织厂的秘书，四十一岁，某野鸡大学商科毕业生。

丁慕之——丁静芳的弟弟，医生，四十岁。

---

[1] 本书收录的作品均为熊佛西的戏剧代表作。其作品在字词使用和语言表达等方面均具有鲜明的时代特色。此次出版，根据作者早期版本进行编校，文字尽量保留原貌，编者基本不做更动。

田　英——元丰纺织厂的女工，解放前任地下党支部书记，三十岁。

孙　达——老工人，解放后任元丰纺织厂的工会主席，五十岁。

周阿欢——女佣，四十岁。

周　福——周阿欢的儿子，农民，二十一岁。

张　恒——男佣，四十岁。

（以上人物的年龄均从一九四九年算起）

# 第一幕

**时　间**

一九四九年春天，解放前夕。

**地　点**

王子明家中的客厅。

在上海的住宅区里有一座大花园，里面有好几幢上等的洋房，分别住着已故海上闻人某大资本家的三个儿子——王子清、王子明、王子澄。花园有草地、花圃、喷水池等。树木青葱，景色宜人。

这是王子明住宅的客厅，通餐室、书斋、阳台。陈设豪华：红木家具，西式沙发，中西古玩，应有尽有。靠近壁炉悬挂着王老太爷的遗像。有宽阔的甬道。从阳台可以看见花园的景色。楼上是男女主人的寝室。

正是人民解放军百万雄师下江南的时候，上海解放的前夕，反动派惶惶不可终日，都在向台湾、香港逃命。所有劳动人民和一切善良的市民则在热情沉着地准备迎接解放。工厂在护厂，学校在护校。

［幕启，灰暗的天气，已近暮色。有隐隐的炮声，急促的警

备车声。丁静芳正在指挥周阿欢、张恒等搬运两只大铁箱。丁静芳年近五十，由于她一向过着养尊处优的生活，且善于修饰，看上去只像四十开外的人。她长得一副精明相，表情与服饰略带教会气息，有"洋派"味道。

周阿欢　太太，我去叫阿三来帮忙吧？

丁静芳　不，你们今天仿佛没有吃饭似的！

张　恒　太太，这里面是啥玩意儿？真够呛的。

丁静芳　还不是老太爷当年留下来的骨董字画什么的。

张　恒　骨董字画？

丁静芳　可不？使劲！

张　恒　不行，太太！

丁静芳　你们真笨！（她动手帮忙了，但仅做样子而已）

丁静芳　搬！再使劲！

　　　　〔王秀珍、王长华先后上。是两个身体健壮的青年。长华，个子高大，脸上带着天真的稚气，穿学生装。秀珍比较成熟，穿西装裤子，红毛线上衣。

王秀珍　妈，您怎么又在搬这两只箱子啦？

丁静芳　嗯。

王秀珍　妈就是这样闲着没有事做。

丁静芳　瞧你倒会说风凉话！

　　　　〔阿欢、张恒在静芳的督促下，终于把两只铁箱搬上楼去了。

王长华　阿欢，你的儿子来了！

周阿欢　（在内）是吗？

　　　　〔阿欢上而正欲下时，周福，一个年轻力壮、憨厚、朴实的农民，走了进来。

周　福　妈！

周阿欢　你怎么啦，孩子？——还不快叫太太！

[周福似是而非地向静芳等打了招呼。

周　福　妈，乡下到处在抓壮丁！

周阿欢　该死！你爹呢？

周　福　早给他们抓去修工事了！

周阿欢　什么！这是多早的事？

周　福　爹给他们抓去好几天了！他们还要拆咱们的房子！要把全村的房子拆光！烧光！

周阿欢　这些该死的东西！砍千刀的！

王秀珍　他们为什么要拆你们的房子呢？

周　福　说妨害他们打共产党！

王长华　我看这是他们的回光返照！

周　福　大少爷，听说共产党这几天就要进攻上海了？

王长华　上海就要解放了！

周阿欢　太太，我要向您请两天假，回乡去一趟。

丁静芳　干什么？

周阿欢　去看看阿福他爹究竟是怎么回事。

丁静芳　你瞧，这两天我这儿怎么离得开人？

周　福　妈，这两天不能下去，乡下乱得慌！过几天再去吧！

周阿欢　那么，太太，我想求您让阿福暂时在您这儿躲避几天。

丁静芳　就让他在下房耽几天吧。可不准在底下多嘴多舌的！

周阿欢　谢谢太太！

[静芳下。阿欢、周福随下。电话铃响。

王长华　（接电话）是的，我就是王长华。现在我这儿没有人，你说吧……什么？……动员我父亲？好的。我马上就来……你等着我吧！

[秀珍上。

王秀珍　谁的电话？

王长华　是刘刚来的。他们要我马上到学校去一趟。

王秀珍　非去不可吗？

王长华　一定要去的。老张他们在那边等着我。

王秀珍　可是要特别当心！你昨天刚从里面出来，别又给特务盯上了。

王长华　我把事情接头好了马上就回来。

王秀珍　我跟你一道儿去？

王长华　用不着。

王秀珍　不，还是这样好些；出了事我可以回来报信。

王长华　不会出什么事的。你放心好了。

王秀珍　你应该向爸爸妈妈说一声。

王长华　不，他们不会准的。我打算溜了出去。

王秀珍　这不好。我还是和你一块儿去！

　　　　〔姊弟两人入内穿了外套，正欲下时，丁静芳上。

丁静芳　你们要上哪儿去？

王长华　（以目向秀珍示意掩饰）不上哪儿去。

王秀珍　长华想到学校去一趟。

丁静芳　你怎么啦，孩子？怎么又要出去？难道你在监牢里苦头还没
　　　　有吃够吗？你今天不能出去！——这几天外面风声非常紧，听说
　　　　宋公园天天在枪毙人！（把长华的外套拿下）

　　　　　〔传来汽车喇叭声。一辆汽车开进了花园，在阳台附近停住
　　　　　了。王子明呼唤张恒。接着，王子明上。他中等身材，稍胖，
　　　　　头发灰白，上唇蓄短胡，穿西装，嘴边叼着一个烟斗或衔着
　　　　　一支雪茄，看上去给人留下整洁、漂亮、严肃、厉害的印象，
　　　　　气质介乎买办与学者之间。

丁静芳　好，你爸爸回来了，还是你自己和他说吧。

王子明　什么事？

　　　　　〔静芳从子明手里把帽子和公事包接过来。之后，倒了一杯
　　　　　凉开水给他。

丁静芳　长华要到学校去！

王子明　（指着长华）又要到学校去？你是不是想再坐牢？

王长华　爸，学校有要紧的事情。

王子明　发传单，贴标语，或者是给人家去送什么信，对不对？你要知道，这次把你从监牢里救了出来我花了五十根条子，而且还到处托人情！幸亏赵国初认识他们那帮子人，不然，就是花了钱，也不能把你救出来！

王长华　爸，您为我的事操了心，花了钱，我知道；赵国初为我到处奔跑，我也知道。但是那班家伙把我们放了出来是由于更大的力量在支援着我们！

王子明　你简直胡扯！你以为你们那些毛头小伙子——同学们在外面瞎嚷嚷，他们就能把你们放了出来吗？你把事情看得太简单了！钱！金条！这才是真正的力量！

王长华　您不能这样说，爸！

王子明　就是这么回事。你还年轻，不懂这个。

王长华　我走了。

王子明　不准去。

王长华　我一定要去的！

王子明　你敢！

　　　　〔长华在秀珍的推劝下，勉强地进入了书房，秀珍亦随入。

丁静芳　这孩子！

王子明　都是你宠的！

丁静芳　你到中国银行去了吗？

王子明　不用提了。咱们那三百根条子已经取不出来了！昨天宋子文下令封存了所有银行的保险箱！真倒霉，我们只晚了一步！

丁静芳　这还成什么世界！简直是一群土匪！我们还算好，把那一万两黄金早从银行的保险箱里取出来了！

王子明　可是你知道咱们花了什么代价？——二百根条子——二千两
　　　金子，我的太太！

丁静芳　为了这点金子真是操心了，又怕人家敲诈，又怕人家抢劫。
　　　这两只铁箱子现在放在家里我还是不放心。

王子明　处在这种乱世，一切只好听天由命。

丁静芳　今天汤恩伯为什么请客？

王子明　活见鬼！

丁静芳　怎么啦？

王子明　我本来是想乘此机会去向他们活动一下，看能不能把昨天封
　　　存的三千两金子取出来，还打算送他一千两的好处，可是他给我
　　　打官话，说金子还是我们的，不过政府暂时代我们保管一下，希
　　　望我们到台湾去取！

丁静芳　叫我们到台湾去？

王子明　可不？飞机票都给我们准备好了！据说这是老蒋的指示，上
　　　海的闻人统统在内。

丁静芳　看样子，上海没有几天了。我们也的确应该划算一下。

王子明　这几天我正在考虑。到台湾去吗——不，我不愿意走大哥
　　　的路。

丁静芳　听说三弟也想到台湾去？

王子明　子澄想到香港去。

丁静芳　嗯，到香港去比较好，生活舒服，事业也可以有出路。

王子明　你想到香港去吗？

丁静芳　你呢？

王子明　我也想去，可是要我离开上海，我又有些不甘心！我辛辛苦
　　　苦创办起来的元丰纺织厂，难道就这样拱手让给共产党吗？不！
　　　我不甘心！

丁静芳　是啊，谁说甘心来着！可是……

王子明　国民党这样的暴政，不垮台是无天理，但是共产党来，我又有些害怕。

丁静芳　听说共产党共产又共妻？

王子明　共产是真的，共妻是瞎扯淡。有时我又这样想，无论共产党怎么坏，总不会比国民党蒋介石更坏吧？

丁静芳　那么你想留在上海不走？

王子明　我还拿不定主意。

丁静芳　孩子们巴不得你不走，他们这几天，天天问我："爸爸打算怎么样？"

王子明　你对他们怎么说的？

丁静芳　我说不知道。他们说，叫爸爸死也别离开上海！

王子明　孩子们年轻，不懂世故，我王子明是资本家，共产党怎么会要资本家呢！

丁静芳　真是，若是现在来的不是共产党，是个别的什么党，你看那多么好呀？

王子明　我向来不相信命运，但回忆一下我一生的遭遇又不由我不相信是劫数。（不自觉地注视着壁上父亲的遗像）老爷子，做了一辈子的实业救国梦，到了还是给日本帝国主义抓进监狱里折腾死了。我，也和老爷子一样，在年轻的时候就怀着一片爱国热情到英国去学习纺织，回来办了这个元丰纺织厂，三十多年来，风里雨里，不知吃了多少苦，冒了多少险，好容易把厂办成现在这样一个规模，在上海滩上总不能不算一份儿，然而现在要我把它拱手让给共产党，我不甘心！

　　　　〔电话铃响。

丁静芳　（接电话）谁？赵先生吗？在家。请你等一会儿。（把电话耳机递给子明）赵国初的电话。

王子明　我是子明呀。是的。谁要来看我？两个工人代表？为了护厂

008

的事情？好的，那么就让他们来吧。（将电话耳机挂上）

丁静芳　厂里又出了什么事吗？

王子明　有两个工人代表要来见我。这里面不知又有什么花招？我早就有所风闻，他们职工要自动组织起来保护工厂，同时要我预先发给他们两个月工资。

丁静芳　你打算怎样对付？

王子明　他们自动组织起来保护工厂，使工厂不遭到破坏，我当然赞成，这事对我们只有好处，没有坏处；要我预先发给他们两个月的工资却办不到！

　　　　〔张恒上。

张　恒　老爷，刚才三老爷来了好几趟，说有要紧的事情要过来看您。

王子明　知道了。

张　恒　太太，刚才小姐、少爷叫我告诉您，他们不回来吃晚饭了。

丁静芳　怎么！他们又溜出去了？嘿，这两个孩子！他们说了什么时候回来吗？

张　恒　没有。

丁静芳　你去打电话，看他们到什么地方去了，快把他们找回来！

张　恒　是。（下）

　　　　〔接着传来街头捕人的警备车声。

丁静芳　我怕长华还要出事情。

王子明　人大心大，你我也管不了他。他究竟在外面搞些什么把戏？难道他真的和共产党有来往吗？我就怕他受人利用。

丁静芳　我也怕这个。可是今天上午我又去给他算了一个命，也给你算了一个命；算命先生说长华灾运已过，再没有什么危险了，说你今后还要走红运呢！

王子明　你就爱听信他们这些江湖佬胡扯！

　　　　〔又是一阵警备车声之后，王子澄上。他长条个子，皮色白嫩，头发光光的，皮鞋亮亮的，穿着一身笔挺的西装，带着极浓厚的海派气息，是一个典型的资产阶级的公子哥儿。

王子澄　二哥，您回来了好久？

王子明　我刚回来。坐。

王子澄　二嫂，您今天没有出去？

丁静芳　没有。

王子澄　不出去也好。外面乱得很，到处在抓人！

丁静芳　是吗？（向外）阿欢，给三老爷泡茶。

王子明　你明天早晨一定飞香港吗？

王子澄　可是飞机票到现在还没有送来。

王子明　你托谁买的飞机票？

王子澄　警备司令部的陶处长。

王子明　他们总会有办法的。

王子澄　听说飞机票已经订到年底了。

王子明　活见鬼！你相信这种局面还能拖延到年底吗？

　　　　〔阿欢送茶上。

王子澄　二哥，我到香港去的事情请您暂时严守秘密，刚才我到我们厂里去了一趟，职工们把我团团地围住，叫我表示态度。

王子明　表示态度？

王子澄　不知他们在什么地方知道了我要到香港去。

王子明　你对他们怎么说的？

王子澄　我只好骗骗他们，说我愿意与大家共患难，与华生橡胶厂共存亡。

丁静芳　瞧你这张油嘴！

王子澄　我当时给他们逼得没有办法。二哥，您怎样打算？

王子明　我还在考虑。

王子澄　别再考虑了吧，共产党不会要我们这种人的。

王子明　这我明白，但我不甘心。

王子澄　二哥，想开些吧，开工厂、做买卖，哪儿不是一样？上海滩上吃不开了，难道咱们不会到别处去吗？要有雄厚的资本，倒是真的。我想和二哥商量一下，可否调一笔现金给我带到香港去？

丁静芳　你二哥现在手边也窘得很。

王子明　你要多少？

王子澄　二十万美金。

丁静芳　老三，你怎么啦？你仿佛把你二哥看成花旗银行的经理了！

王子澄　"条子"也行。

王子明　金子？——金子更没有办法。

王子澄　二哥，请您想想办法吧？就算您向香港华生厂的投资，好不？

王子明　投资不投资倒是小事，困难的是我现在手边没有筹码。

王子澄　那么可否把当年父亲留给我们的那一万两黄金暂时给我周转一下？

丁静芳　三弟，你又在做梦！

王子明　你不提这笔金子便罢，提起来我又要冒火了！

王子澄　怎么啦？

王子明　你还不知道吧？咱们那一万两黄金不是存在中国银行的保险箱里吗？

王子澄　是呀。

王子明　王八蛋！就是在昨天，宋子文下令把它封存了！

丁静芳　前几天我倒听说蒋太子派人到上海各银行搜查保险箱，听说梅兰芳辛辛苦苦演戏积下来的一点金子也被他们拿去了。

王子澄　哪有这么巧的事情？

丁静芳　瞧，他还不信呢！老三，老太爷留下的那笔金子即使没有给宋子文、蒋经国那班家伙封存，我也不能给你们拿到香港去做生意。这是传家宝，谁也不准动用。只有老太爷的孙儿孙女长华、秀珍他们才有资格动用这笔钱。这，老太爷在遗嘱上写得很清楚。你既无儿，又无女，别妄想吧！

王子澄　二嫂，话不能这样说。

丁静芳　（板起面孔）怎么啦？

王子澄　（气势汹汹）这笔金子我和大哥都有份的！

王子明　这是小事，不用说了。你先到香港去吧，假使将来真有困难，打电报给我，我一定想办法。

王子澄　二哥可别诳我？

王子明　你放心好了。不过我倒要劝你，你到香港之后别急于就筹办新厂。

王子澄　为什么？

王子明　你做的是橡胶买卖，你想想看，英国人会让你挤进香港的市场去吗？他们的邓禄普一向是垄断世界市场的！大鱼吃小鱼！小鱼吃虾米！就是这么回事！

王子澄　对！因此，我们不吃人家，就会被人家吞了！

王子明　我劝你到了香港还是先观望一下好。

王子澄　二哥在这方面的确有丰富的经验，我一定见机而行。可是二哥也要早作打算，我看您似乎还对中央军存在某种幻想？

王子明　（苦笑）枉费你还是我的兄弟！你想我会对这班家伙存着幻想吗？

　　　　〔张恒上。

张　恒　老爷，厂里的赵秘书来了。还有两个工人。说是给您打电话约好的？

王子明　请他们进来。

王子澄　那么我走了。别让他们看见我。

王子明　不，最好让他们看见你。厂里不是盛传你已经到香港去了吗？

王子澄　（笑）还是二哥高明！我走了。二嫂，请您别生我的气。

丁静芳　我倒不是生你的气，我只觉得你这个人说话有些莫名其妙，宋子文、蒋经国封存黄金是天下皆知的事情，可是听你的口气仿佛我们在欺骗你似的。

王子澄　请二嫂别多心，我不过随便提一下罢了。回头见。晚上我还要来向您辞行。

丁静芳　（假惺惺的）你若是忙，晚上就不必再来了。真的，处在这种乱世，即使是亲兄弟，也不能常聚在一起。

王子明　你可不能这样说，说不定我们不久就会在香港团聚了。

王子澄　对！二哥说得很对！二嫂，待会儿我有两张飞机票他们会送到您这儿来，请您代我收一下。

丁静芳　怎么？你的那位白小姐也跟你一块儿去吗？

王子澄　不，她早已和她的干爸爸到台湾去了。

丁静芳　那么为什么两张？

王子澄　二嫂还不知道吧，大哥在外面弄的那个舞女李蝶蝶听说还在上海，大哥前些日子有信给我，叫我想办法给他买张飞机票，送她到台湾去。

丁静芳　少作孽吧，老三！大哥这辈子糟蹋了多少女人！大嫂的痨病就是给他气出来的！六十多岁的人了！人家李蝶蝶才十七岁！真是太不成话！

王子澄　不，据内幕新闻，她已经廿五岁了！

　　　　〔赵国初偕田英、孙达上。

赵国初　哦，三老板也在这儿？您好？（非常亲热地和子澄握手，并向静芳深深地鞠躬）您好，王太太？这几天上海滩上的谣言真是像乌鸦一般多，外面都盛传三老板早已飞到香港去了。

王子澄　真是活见鬼！

赵国初　不，这叫着"事实胜于雄辩"！

王子澄　你们请坐，我先走一步。

赵国初　请等一会儿，三老板！我有事情和您商量。咱们到隔壁屋里去谈吧。

　　　　[国初拉着子澄下。静芳随下。

王子明　坐。

田　英　让我来自我介绍一下，王经理恐怕还不认识我。——我叫田英，是厂里细纱间的工人。

王子明　看样子你在厂里做了好多年吧？

田　英　（含糊其词地）是的。

孙　达　我叫孙达。

王子明　你，我仿佛见过的，你是……

孙　达　我是修配间的工人。

王子明　我记起来了，你是一个有技术的老师傅。在一九三九年闹工潮的时候，你曾到我这儿来过一次。

孙　达　不，经理恐怕记错了。我从来没有闹过工潮。

王子明　坐。怎么样？今天来找我有什么事情？

孙　达　也许您已经听赵秘书说过，我们是厂里职工选出来的代表。

王子明　很好。你们打算？

孙　达　田英姐，请你讲吧？

　　　　[孙达再示意田英讲。

田　英　那么我就先讲吧。最近厂里开了一个全体职工大会，当场选出了代表，组织了一个护厂委员会，孙师傅和我也在里面。这事想必您早已知道了。

王子明　唔。

田　英　近来外面的传说很多，说当局打算把我们的工厂搬到台湾去，所以全厂的职工们已经组织了纠察队日夜巡逻，保护我们的工厂不遭受到破坏。

王子明　唔。

田　英　厂里这几天有这样的谣言，说王经理有到台湾去的意思。也有人说台湾您也许不去，可是准备到香港去。

王子明　（发出一种没有感情的哈哈大笑）你们希望我怎样呢？

田　英　我们工人都希望您能留在上海不走。

王子明　留在上海不走？

田　英　是的。

王子明　万一共产党来了呢？

田　英　共产党咱们没有见过。我想共产党总不会不要工厂的吧？

王子明　他们会要工厂的，但是他们不要资本家！

孙　达　也要看是什么样的资本家。

王子明　天下资本家都还不是一样的。

田　英　请王经理别想得太远了吧！我们不是诸葛亮，将来的事情谁也不敢说。不过您的产业都在上海，您应该留在上海！

王子明　（沉思了片刻）你们今天究竟为了什么来看我的？

田　英　没有别的，就是要求您和我们一起来保护工厂！

王子明　元丰纺织厂是我一手创办的，我爱这个厂绝不后于全体职工。当年日本帝国主义者占领上海的时候我没有离开过上海，难道今天我还会离开上海吗？

孙　达　厂里的职工们听了一定很高兴。

田　英　那太好了。可是我们还有一个要求。

王子明　嗯？

田　英　近来的油盐柴米一日数涨，早晚的价格大不相同。希望王经理能够一次把上月份的工资发给我们。像过去那样三成两成的发，大家拿到工资还买不到五升米！

孙　达　现在好些工人连稀饭都吃不上了！

王子明　好的，好的，我一定想办法。时局不安定，厂里也困难，我
　　　　自己更困难，我今天早晨还在和内人商议，是不是把家里的开销
　　　　酌量缩小。不过职工们的事情我一定想办法。待我来和赵秘书计
　　　　划一下，大家放心好了。

田　英　现在是不是就请王经理和赵秘书谈一下？

王子明　（稍有难色，但立刻转为笑容）好的，好的，我叫他过来当面
　　　　解决。（按电铃）不。你们两位在这儿坐一会儿，还是我到隔壁去
　　　　和他研究一下。

　　　　［阿欢上。

周阿欢　老爷叫？

王子明　不。对，倒两杯茶来！

　　　　［子明下。阿欢随下。

孙　达　（警惕地向四面观察之后，轻声地）田英同志，你看他怎么
　　　　样？他会不会到台湾去？

田　英　还不敢说。看样子他有些摇摆。

孙　达　可以争取吗？

田　英　我想可以。

孙　达　那么赶快把信留下吧！

田　英　还是明天从邮局寄给他吧。

孙　达　你没听说他明天一早就要飞台湾吗？

田　英　（犹豫之后）也好。

　　　　［田英正弯腰从鞋里去取什么，阿欢端两杯茶上。

周阿欢　你们两位请喝茶。

田　英　谢谢。

　　　　［阿欢下。

孙　达　（注视着门外）快！

[田英急忙从自己的鞋子里取出一封信，放在茶几上的雪茄烟盒子里。门外有脚步声，人声。

[王长华、王秀珍、丁慕之上。丁近视眼，有学者气质。

王长华　舅舅，请到里面来坐吧！（发现田英和孙达，热情地）哦，对不起，你们是厂里的工人吧？要见我父亲？我去给你们通报！

田　英　不，我们已经见过王经理了。

王长华　她是我的姐姐——王秀珍。他是我的舅舅——丁医生。

[互相分别握手或点头。秀珍陪慕之入内室。

王长华　你们请坐。抽烟？

孙　达　（忙止住长华取烟）不！我们都不抽烟。听说你最近受过一次虚惊？

王长华　是的，他们糊里糊涂地在半夜里把我从学校的宿舍里逮了去！

田　英　在监狱里吃了苦头吧？

王长华　没有什么。他们逼着我承认是共产党。其实，天晓得！他们说要枪毙我！我说好吧，你们枪毙吧！——在里面搞了十几天，上海的广大同学给了我们大力的支援，天天到市政府去请愿，到监狱里去吵、去闹，他们没有办法，只好把我们放了出来！

孙　达　可是你父亲还花了不少金子呢！

王长华　是呀，这完全是敲竹杠。你们厂里怎么样？近来也在护厂吧？我们也在护校！

[子明偕国初上。

田　英　王经理，我们要求发工资的事情怎样？

赵国初　刚才经理已经指示过了。我想，问题不大，等我明天划算一下吧。

田　英　可是，赵秘书，希望你明天给我们一个确实的回信。好些工人近来揭不开锅了！

赵国初　好的，好的。

田　英　孙师傅，那么咱们回去吧？

孙　达　再会，王经理。

王子明　我不送你们了。

王长华　我送你们到门口！

　　　　〔田英、孙达、长华下。

王子明　你知道这两个工人究竟是为什么来看我吗？

赵国初　经理看呢？

王子明　看样子是来刺探我的行动的，平常他们在厂里怎么样？是活
　　　　动分子吗？

赵国初　孙达是个技术工人，在我们厂里听说耽了二十几年。那个女
　　　　工倒搞不十分清楚。他们和您说了些什么？

　　　　〔长华上。

王子明　劝我别离开上海。

王长华　爸，您到底怎么样呢？

王子明　（严厉地）你刚才又到学校去了吗？你怎么又到学校去呢？你
　　　　以后还是少出去，就在家里看看书。十九岁的人了。去吧！

王秀珍　（在内）长华！

　　　　〔长华不得已，下。

王子明　国初，你在我身边十多年了，我的一切你都知道，你看我应
　　　　该何去何从？我愿意听听你这个老朋友的意见。

赵国初　我以为经理用不着再迟疑了，你留在上海是绝对没有前途
　　　　的！三老板与我的看法完全一样。

王子明　我实在舍不得离开我一手创办的工厂。

赵国初　我愿意留在上海为您效劳。一个商科学校的毕业生，饮水思
　　　　源，不是您提拔，我能有今天？经理，现在正是我向您报恩的时
　　　　候了！我建议您即日飞台湾或香港。

　　　　〔长华上，静芳、慕之、秀珍跟在后面。

王长华　爸，请您别信赵叔叔的鬼话！您应该留在上海！

王子明　你少开口！出去！

王秀珍　我也不同意赵叔叔的意见！赵叔叔，您自己要怎样做都可以，我父亲是不走的！

王子明　共产党还没有来，仿佛你们已经给共产党迷住了似的！可是我要提醒你们一下，你父亲是个资本家，你们都是资本家的儿女！

王秀珍　这个我们也知道。但是，无论如何，我们总是中国人！

赵国初　（见此僵局，窘）我走了，经理。

王子明　别忙。

丁慕之　二哥，我觉得孩子们的意见是对的，您应该留在上海！您的事业都在上海。譬如我吧，我就不走，我是医生，医生的天职是治病。不管国民党也好，共产党也好，他们生了病总得请医生。您呢，是工业家，我想共产党不会不要工业的。

王子明　（长久的沉思之后）难啊！

赵国初　经理，我该走了。他们要求发工资的事怎么办？

王子明　明天再说吧。

赵国初　明天见。

王子明　希望你别见怪，孩子们年轻，不懂事。

赵国初　哪里的话，我劝您离开上海也是替您着想。

王子明　不管我是否离开上海，工厂都得请你维持。

赵国初　这是您对我的信任！栽培！

　　　　〔张恒送信上。

张　恒　老爷，汤司令的信！要您亲自签收。

　　　　〔子明签收据，张恒退后，拆阅信。

王子明　（念信）"兹附上明晨飞机票六张，阁下四张，另二张烦转令弟子澄先生。明晨弟当派员到飞机场照料一切。汤恩伯。"

赵国初　汤司令想得真周到！经理在离开上海之前还有什么事情吩咐

吗？那么明早我到飞机场送行！

　　　　　[赵国初下。大家的目光集中于王子明。

丁静芳　（激情地）子明，咱们明天真走吗？！

王秀珍　爸！您不能！您决不能走！

王长华　（急）妈！您怎么不说话呀？

丁静芳　我这会儿心里乱得慌！

　　　　　[子明坐在沙发上一言不发，把六张飞机票连函塞入衣袋。

丁慕之　（严肃地）二哥，现在是您慎重考虑的时候了！古人说："一
　　　　失足成千古恨！"

王子明　你们都不了解我！我是被迫！

王秀珍　被迫？

王长华　是谁逼迫着您？

　　　　　[长时间的沉默。

王长华　您说话呀，爸？

王子明　我苦恼透了！就这样放弃我的工厂离开上海，我真不甘心！
　　　上海是个好地方，我生于斯、长于斯，我愿终老在这里！巴黎、
　　　伦敦、纽约、东京，在我年轻的时候我都去过，可是我不喜欢这
　　　些地方。我爱上海！

王长华　那么你为什么要离开上海呢？

王子明　（眼里发出愤怒的火焰）谁说我要离开上海！谁说我要离开上海！

丁静芳　子明！子明！

丁慕之　您歇一歇！

　　　　　[丁医生扶他坐在沙发上。静芳忙倒了一杯凉开水给他。

丁慕之　让他上楼去休息一会儿。

王子明　不，我已经平静了。

丁慕之　（取雪茄烟，发现留在盒中的信）这是哪个把你的信放在这儿？

王子明　（拆阅信。惊异）这是怎么回事？

丁静芳　（瞧信，轻声地）共产党给你的信！

　　　　〔大家都围了过来抢信阅。

王长华　（兴奋地将信夺去念）"王子明先生：中国人民解放军即将进
　　　　入上海了，我们欢迎一切民主人士、民族资本家和一切爱国人士
　　　　与我们合作。希望你别离开上海，和元丰纺织厂的职工同志们共
　　　　同保护工厂，使它不致遭受任何破坏与损害。中国共产党启。"

王子明　这信是真的吗？（再仔细阅信）

王长华　当然是真的！

丁慕之　二哥，这信决不是伪造的！据我所知，很多爱国人士近来都
　　　　接到了这类的信！

王秀珍
　　　　爸，您怎么还怀疑呢？
王长华

　　　　〔电话铃响。

王秀珍　（接电话）是啊。爸爸，您的电话。

王子明　（接电话）是的，我就是王子明。什么事？有人到厂里来捣乱，
　　　　什么？抢棉纱？！谁受了伤？——孙达？外科医生……呀？……呀？

王长华　一定是特务到厂里捣乱，孙达受了伤！就是刚才来的那位老
　　　　师傅！

丁慕之　（向子明）告诉他们！叫他们赶快把受伤的工人送到我们医院
　　　　里去！我马上回去！

王子明　（继续接电话）喂，喂，叫他们赶快把受伤的工人送到附近的
　　　　济民医院去，丁医生马上就回去了……好的……好的……（放下
　　　　了电话）

丁静芳　损失了多少棉纱？

　　　　〔子明不答，只是机械地在室内踱快步，仿佛受了极深的
　　　　刺激。

丁慕之　我回医院去看看那个受伤的工人！

王子明　你等一等，慕之！（通过激烈的思想斗争之后，从袋内把汤恩伯送来的六张飞机票全部撕毁了。孩子们欢跃地将子明热情地拥抱着）

王长华　爸爸！

王秀珍　爸爸！

丁静芳　子明！你！

王子明　慕之，走！

丁慕之　（莫名其妙）走？

王子明　汤恩伯这班家伙不会放松我的！我到你们医院里去住几天！

丁慕之　好！走！

　　　　［赵国初和王子澄上。

王子澄　二哥，听说汤司令把我的飞机票送到您这儿来了？

丁慕之　（严肃地）子明！您害的是急性盲肠炎！赶快进医院去！

王秀珍　我去通知司机！（急下）

王子明　国初，请你通知厂里余会计，叫他明天发给职工一个月的工资！

　　　　［慕之、长华搀扶着王子明下。

赵国初　这是怎么回事？

丁静芳　（仓皇地）急性盲肠炎！（下）

王子澄　二哥！我的飞机票呢？

　　　　［王子澄追赶下场。

——幕落


# 第二幕


　　上海，这个国际驰名的祖国大都市，经过帝国主义百年的侵略、蹂躏和多年反动政权的榨取、压迫，今天已经回到人民的怀抱了。它正在进行紧张艰巨的恢复工作。解放虽仅八个月，但一切都有了新的面貌。

上海，在激烈地斗争着，在起着本质上的变化。

**时　间**

一九五〇年二月十日，即"二·六"轰炸后的第四天。

**布　景**

与第一幕同。陈设依旧，但气氛明朗、酣畅。初春的阳光洒泻了满屋。大概是为了迎接即将来临的春节，走廊上悬起了彩灯。盆景中的迎春花、红梅似乎在互相争艳，开得黄澄澄的、红通通的，十分逗人喜爱。室内室外呈现着一片大地回春的气象。

　　　[幕启，传来清晰的"解放区的天是明朗的天"的歌声，忽
　　　远忽近的腰鼓声。

**王子澄**　什么"解放区的天是明朗的天"！这几天，他妈的明明是黑暗的天！已经四天没有电灯了！

**王长华**　三叔，这应该恨蒋介石！恨美帝国主义！是他们把咱们的电力厂炸坏了！上海人民永远不会忘记二月六日这一天！

**王子澄**　你少嚷嚷好不好？你们这些标语口号我们已经听腻了！共产党对付农村可能有些办法，管理像上海这样华洋杂处的国际大都市，他们是一筹莫展的！

**王长华**　三叔，您不能不看事实，在短短的八个月里，共产党、人民政府为我们老百姓做了多少事情！您不应该天天发牢骚，说怪话！

**王子澄**　我就是这样！

**王长华**　我知道，今天的上海对您很不方便，帝国主义赶走了，交易所封闭了，流氓地痞被镇压了，娼妓舞女被改造了，美国的大腿电影也看不见了，因此您有些过不惯，不是吗，三叔？

**王子澄**　你满嘴在胡说些什么！

王长华　您就天天埋怨我父亲不应该撕毁您那两张飞机票！

王子澄　他凭什么撕掉我的飞机票！

　　　　[赵国初上。

赵国初　你们叔侄又在抬杠？

王子澄　（掩饰着）我们在扯家常啦。

赵国初　经理不在？

王子澄　二哥二嫂都出去了。

赵国初　那么我回头来。

王子澄　不，国初兄，我有事情和你商量。（见长华在场，有些不便）
　　　　我们到饭厅里去坐吧，喝杯咖啡。

　　　　　[子澄、国初下。秀珍上。

王秀珍　我替你把行李都收拾好了。

王长华　唔。姐姐，你看三叔老是和赵国初鬼鬼祟祟的！简直是
　　　　反动！

王秀珍　不要随便扣帽子吧。

王长华　我看不惯他这一套！

王秀珍　你的性子也太急了些。现在我们都是青年团员了，对人要
　　　　和善。

王长华　我实在看不惯他这个样子。

　　　　　[阿欢上，取昨夜点过的洋油灯。

周阿欢　大少爷，捆铺盖卷儿的绳子已经放在你房里了。

王长华　阿欢，请你千万别再叫我"大少爷"了，好不好？

周阿欢　叫惯了，一时改不过来！

王长华　一定要改过来！

周阿欢　好的。你那铺盖卷儿……长华同志。

王长华　谢谢你。我自己来捆。

周阿欢　你要上哪儿去旅行呀，大少爷？

王长华　真拿你没有办法！

　　　　〔阿欢笑着下。街头传来欢送参干的锣鼓声。

王秀珍　参加军事干部学校的同学今天都走吗？

王长华　上午十一点钟在交通大学集合。

王秀珍　有多少人？

王长华　听说有一千四百多人。

王秀珍　先到哪里？

王长华　（幽默地）恕不奉告，这是国防机密。

王秀珍　你还是应该告诉爸爸妈妈。

王长华　我不。

王秀珍　那么我告诉。

王长华　别，姐！

王秀珍　可是你先坏了我的事！

王长华　我怎么坏了你的事？

王秀珍　我们的团总支本来也批准了我去参干的，但是因为你去了，
　　　　为了照顾爸爸妈妈的情绪，便把我"扣留"下来了。真倒楣！

王长华　不，是由于你的身体检查不及格。

王秀珍　胡扯！

王长华　姐，我想乘爸爸妈妈现在不在家先溜了！

王秀珍　不，你一定要向他们说清楚！

　　　　〔静芳从街上回来，手上提着水果点心之类的食物。

王长华　妈，您买了些什么？

　　　　〔秀珍将母亲手中的东西接过来。

丁静芳　你们在谈些什么？

王长华　没有什么。

　　　　〔子明偕子澄、国初上。

王子明　这边坐。你们来了好久？

王子澄　我来了一会儿。国初兄刚来。

　　　　［长华、秀珍悄悄地下。

王子明　怎么不让他们叫我一声啦？

赵国初　说经理出去了？

王子明　我在楼上睡觉。昨夜飞机闹了一宿！

丁静芳　是我出去了。

王子澄　二哥，我看我们的工厂没有前途了。

王子明　你指的是停电？（试试电灯的开关）

王子澄　已经四天没有电了。

王子明　报上说电力公司正在日夜抢修。

王子澄　修好了，谁能保证不再被炸坏啦？

王子明　是啊，共产党这边一架飞机也没有，瞧着人家来轰炸，干挨
　　　　打，真是成问题。

王子澄　问题可多哩，我说到处都是问题！

赵国初　您以为主要问题在哪里呢？

王子明　是我们资本家没有前途了！

赵国初　资本家没有前途了？

王子明　可不？就拿我们元丰纺织厂来说吧，这个厂完全是我私人资
　　　　本创办的，然而今天好多事情我都行不通！

赵国初　经理的话真是一针见血！的确是这么一回事。像田英、孙达
　　　　这般人自从从地下钻出来了之后，就有些目中无人了！一个是党
　　　　支部书记，一个是工会主席！

王子明　田英究竟在什么时候到咱们厂里来的？

赵国初　田英的身世我最近才弄清楚。她原来的名字叫吴淑贤，家里
　　　　很穷苦，十五年前她是新申纱厂细纱间的女工。后来参加了共产
　　　　党，就在苏北搞了好些年，一九四五年对日抗战胜利之后，回到
　　　　上海来做地下工作。大概是在一九四七年混进了咱们工厂的。

026

王子明　这个女人相当的厉害。你还记得吗，在解放前夕她到我这儿来看过我一次，我把她当成厂里的老女工，她也含糊其词地不否认，其实她是当时领导护厂的主要分子。

赵国初　共产党真厉害，厂里的任何事情他们都抓！

王子明　现在他们唯一没有抓的，是厂里的经济权。

赵国初　您还不知道吧？他们最近已经和银行取得联系，开始监督我们的经费了！而且，这几天他们又在摊派什么"胜利公债"！

王子澄　真是他妈的！

赵国初　（冷笑）我看您这个经理也许要虚有其名了！

王子澄　怪来怪去，怪二哥自己不好！当初为什么要留下？凭空把我的两张飞机票也扯了，弄得我现在在这儿活受罪！

王子明　不过话又说回来了，凭良心说，共产党比国民党好，他们的确是为老百姓做事情的。

丁静芳　我觉得他们军队的纪律好，干部也不坏，能吃苦耐劳。

赵国初　（冷笑）可是共产党也是人，他们不是铁打的，他们慢慢地也会腐化的！

王子明　这倒也是的，特别在上海这个地方。

王子澄　二哥，我还想到香港去。

王子明　你今天还想到香港去？

王子澄　二哥，请您轻点声音。给他们听见了又要骂我反动！

王子明　骂你反动？谁？

王子澄　还不是您的宝贝儿子！

赵国初　你何必跟孩子们一般见识啦。

王子明　你的看法呢，国初？

赵国初　一时也很难说出一定的看法，不过这几天上海滩上的谣言可真多！

丁静芳　赵先生，这几天外面有些什么谣言？

赵国初　他们说蒋介石还可能回到上海来。

王子明　蒋介石想卷土重来恐怕不容易吧？

赵国初　可是他们有美国支援！

王子明　嗯，美国倒是有相当实力的。

赵国初　这几天来轰炸上海的 B-29 型就是美国飞机！

丁静芳　共产党蠢得很，为什么要得罪美国呢？

王子明　不得罪美国，就要得罪苏联。

王子澄　难道他们不可以脚踏两只船吗？

王子明　这是咱们生意人的想法。

王子澄　我不懂政治，我只知道做买卖。上海现在无钱可赚，我就远
　　　　走高飞。

王子明　那么你还是决定到香港去？

王子澄　我不愿待在这儿活受罪！

丁静芳　三弟，我瞧你啊，你是离不开你那吃喝嫖赌的生活！

王子澄　不，不，二嫂！主要是留在这里没有前途！没有办法！

赵国初　三老板想到香港去，我不反对，甚至我觉得经理也还可以考
　　　　虑这个问题。

王子明　你的意思是我还应该到香港去？

赵国初　为什么不可以这样考虑呢？您现在唯一的顾虑是元丰厂，这
　　　　您请放心好了，我一定尽我最大的努力给您维持！

　　　　［子明没有回答。

王子澄　二哥怎样决定我不管，可是我这次一定要走！

王子明　处在现在这种情况下，你要走，我不反对；假使你能到香港
　　　　去开辟一条出路，倒也是对我们大家都有好处的。

王子澄　我就是这个意思。不过我还要求二哥给我一笔钱。

丁静芳　瞧你二哥现在这副窘相，哪儿来的钱？

王子澄　就算是二哥的投资。

丁静芳　别睁眼说白话吧，老三。

王子澄　二嫂，父亲当年留给我们的那笔金子究竟到哪儿去了？

丁静芳　老三，你这个人真唠叨死了！解放前我不是告诉过你吗，那
　　　　笔金子早给宋子文、蒋经国他们搞走了！

王子澄　（藏刀的笑）有人说那笔金子现在还在您手里。

丁静芳　（立刻沉下脸来）老三，你今天喝醉了酒是怎么着？

王子澄　（也板起面孔）二嫂，请别动火！动火解决不了问题！

王子明　老三，你也别疑神疑鬼了吧，那笔金子确实是给那班王八蛋
　　　　搞走了！

王子澄　（严肃地）二哥，咱们是同胞手足，这点钱不给我也不要紧，
　　　　可是俗话说，亲兄弟也得明算账，像这样糊里糊涂的，我不干！

丁静芳　那么你要怎么着？

王子澄　我要把是非弄清楚！

丁静芳　多么漂亮的台词儿！我看你可以去唱文明戏了！

王子澄　（火了）不管演文明戏也好，唱京戏的全武行也好，反正你们
　　　　不能独吞父亲留下来的那笔金子。

赵国初　好了好了，都是自己人，别为了这点小事情伤了和气。让我
　　　　这个局外人来说一句吧，三老板要到香港去开厂，需要资金，这
　　　　是事实；经理现在手边紧，也是事实。我来想个办法好不好？——
　　　　从我们元丰厂里调三万美金给三老板先凑付着，这笔款子就算是
　　　　经理投资的，您看怎样？

王子明　我们元丰哪儿有这三万美金？

赵国初　可以想办法，只要您同意。（向子明耳语）

王子明　我不赞成。将来让工人们知道了，说我们把职工们的工资拖
　　　　欠不发，却把资金抽调到香港去了。

赵国初　只要经理同意，怎样筹划这笔款子，怎样把它汇到香港去，
　　　　都由我负责。

**王子澄** （不待子明同意）国初兄，可多筹二万吗？——五万美金，如何？

**赵国初** 三老板，就是这三万美金我还要去给我们经理挖肉补疮地想办法啦。

**王子澄** 将来香港厂赚了钱，不会忘了你的，老兄！

**赵国初** 那倒是小事，成全您的事业要紧。

　　［赵国初从手提包里取纸，写了一张字据，递给子明签名。

**丁静芳** 子明，我不同意！

**王子澄** （还是忍耐着）二嫂，您这又何苦呢？三万美金，小意思；若在解放前的话，不过是小弟一场扑克牌的开销罢了。

**赵国初** 这倒也是实话。

　　［静芳气冲冲地从子明手中把条子夺过来，撕毁。

**王子澄** （大怒）二嫂！您别欺人太甚！父亲临死的时候并没有分家的！元丰纺织厂多年来虽然是由二哥一手经营，可是这是祖业，里面也有我一份的！

**王子明** 算了算了，别算这些糊涂账吧！我另外给你。

**丁静芳** （声色俱厉地）子明！我不同意你这种做法！

**王子澄** 您……您太岂有此理了！

**丁静芳** 你说谁？

**王子澄** 你……你！

　　［长华、秀珍闻声而入。阿欢、周福、张恒等也在窗外窃听。

**丁静芳** 你……你……你……

　　［静芳与子澄几乎动武了。

**王于明** 秀珍！长华！把你母亲劝上楼去！

**王秀珍** 妈，上楼去吧！

　　［秀珍、长华拉劝着静芳下。

**王子明** 你们还站在这儿干吗？（指窗外的张恒等）

王子澄　（愤恨地）我也走了！

王子明　老三，你停一会儿！

王子澄　我受不了她这个！你的儿子也是！……你们一家子！二哥，
　　　　我觉得我们不像同胞兄弟！

　　　　　［国初这时把子澄劝慰在一张椅子上坐下。子明从袋内取出
　　　　　支票签写了一张给子澄。

王子明　这是十二万港币。就算是我的投资。

王子澄　（接过支票）谢谢二哥！

王子明　你打算什么时候动身？

王子澄　说走就走。

王子明　那么你上海的厂打算怎么办呢？

王子澄　上海的厂除了几部破机器，什么也没有了。全部资金我早已
　　　　调到香港去了。上海厂这个烂摊子只好让共产党来接管。

王子明　三弟，你刚才说我们不像亲兄弟，我很难过。你到香港之后
　　　　一切都要当心。

王子澄　谢谢您的好意。我走了，二哥！国初兄，再见。

赵国初　再见。

王子明　希望你别生你二嫂的气。

王子澄　不会的，二哥。再见。（下）

王子明　坐。

赵国初　经理累了吧？

王子明　还好。有事吗？

赵国初　我正在发愁咱们这个工厂怎么办得下去？

王子明　你以为最大的困难是什么？

赵国初　我认为最大的困难是缺乏原料，货色销路下降，吃闲饭的职
　　　　工太多。

王子明　你说的完全对。同时，与共产党合作也是问题。

赵国初　现在看来您跟共产党合作，无论如何，是没有前途的。所以我刚才建议您是不是还可以考虑到香港去另外开辟一条出路？

王子明　我也在考虑这个问题。不过到香港去也不是一件简单的事。

赵国初　（做出一副忠心耿耿的样子）像您这样一个有经验、有学问、有地位的人，今天来受工人的钳制，我真为您痛心！

王子明　国初，你不必为我担心，我会战胜他们的！

赵国初　八个月来，您不是在做经理，简直是在做傀儡！

　　　　［长华和秀珍上。

王长华　赵叔叔，你又在劝我父亲到香港去？您为什么老是三番四次地劝我父亲到香港去？

王子明　不准胡说！出去！

赵国初　（冷笑）现在一般青年样样都好，就是礼貌稍差。

　　　　［长华愤愤下。

赵国初　（自己下台）一般青年都是这样……没有关系……没有关系……您歇着吧，经理，我走了！

王子明　对不起。请别见怪。

赵国初　我永远不会见您的怪的！再见。

　　　　［赵国初下。子明吸雪茄烟。

王秀珍　赵国初这个人是有些卑鄙！您别看他老是"经理长、经理短"，您知道他心里在想些什么？他为什么老是劝您离开上海？我看他想把您挤走，他好做元丰纺织厂的代理人！

王子明　胡扯！你们对他都有成见！

王秀珍　也许我看错了。爸，您怎么搞的，在您身边谁是好人、谁是坏人，您似乎还不能辨别。

王子明　只有你们能辨别？笑话，我看人还不如你们？以后我和客人谈话的时候不准你们进来插嘴！

王秀珍　爸，刚才长华是来向您辞行的。

王子明　　向我辞行？——他要上哪儿去呀？

王秀珍　　他已经光荣地被批准去参加军事干部学校。今天就要去集中。

王子明　　你母亲知道了吗？

王秀珍　　爸爸同意吗？

王子明　　只要你母亲同意，我没有什么。

王秀珍　　（向外呼）长华！长华！

　　　　　〔长华应声上。

王秀珍　　你参干的事爸爸已经同意了！

王长华　　（天真地）爸，您真的同意了？

王子明　　我不同意也得同意，反正脚是长在你腿上的。

王长华　　爸，您同意我去参干，我非常感激。不过我离开您，我又有
　　　　　些不放心。

王子明　　你不放心我？

王长华　　您身边有两个坏人！

王子明　　两个坏人？谁？

王长华　　三叔和赵国初。

王子明　　你又来胡说八道了！你三叔是我的亲兄弟，赵国初是我多年
　　　　　的老同事。

王长华　　亲兄弟，老同事，现在也不见得完全可靠了。

王子明　　我倒觉得我的亲生儿女现在靠不住了，都要飞了。

　　　　　〔静芳端着一盘削好了的水果上。

王长华　　妈，爸爸已经答允了。

王子明　　听说你同意长华去参加军事干部学校？

丁静芳　　我？我同意我的儿子选择任何职业，就是反对他去当大兵！

王秀珍　　妈，您不是说人民解放军好吗？——怎么又反对长华去参干呢？

王长华　　妈，您这是旧脑筋！（欲下）我不管，反正爸爸同意了！

　　　　　〔过道上传来田英和孙达的声音。

孙　达　王经理在家吗？

周阿欢　在。

田　英　王太太呢？

周阿欢　也在。您二位请里面坐吧。

　　　　［阿欢抢前来通报。

周阿欢　老爷，太太，厂里的田书记和孙主席来了。

　　　　［田英、孙达上。

孙　达　好极了，你们几位都在家。我们是来给你们道喜的！

王子明　道喜？

孙　达　是啊！

田　英　王太太，您好？

丁静芳　谢谢。请坐。请这边坐。孙主席，你的腿怎样？走路方
　　　　便吗？

孙　达　没有什么，就是每逢阴雨天还感到有些酸痛。

田　英　提起孙达同志的腿，我们应该感谢丁医生，假使当时没有他
　　　　的细心医治，他的这条腿恐怕早已残废了。

孙　达　可不。丁医生近来好吗？好久没有看见他了。

丁静芳　他很好。就是忙。

孙　达　见着他请代我问好。

丁静芳　好的。你们刚才说道喜……

孙　达　您两位还不知道吗？报上今天登着你们王府上的新闻呢！

王子明　今天我还没有看报。

孙　达　我这儿有一份。（把报递给子明看，并念）"本市青年踊跃参
　　　　干、保卫祖国，"你瞧，"元丰纺织厂经理王子明之子王长华等要
　　　　求参干，已经领导批准，行将出发。"

　　　　［长华抢着报纸递给静芳看。

丁静芳　（俏笑）我要向报馆提个意见，为什么报上只说我们长华是王

子明之子，却没有说也是我丁静芳之儿呀？

田　英　（笑）对，王太太有权利提出更正！

丁静芳　可不？

孙　达　（笑）我也支持您的意见。

王长华　妈，我要走了。

丁静芳　上哪儿去？

王长华　到交大集中去。

丁静芳　不，你等一等。

王长华　不行呀，妈，时候到了！

丁静芳　我有话跟你说。（走到长华跟前轻轻地说了些什么）

王长华　妈，怎么您又翻了呢？

丁静芳　咱们出去谈吧，让田英同志、孙达同志好和你爸爸谈话。秀
　　　　珍也来。我不陪你们二位了。

　　　　　〔静芳、长华、秀珍同下。

孙　达　王经理好福气，小姐少爷都很有朝气。

王子明　男孩子调皮得很。请坐。

　　　　　〔阿欢送茶上。

孙　达　您对于小弟弟去参干没有什么意见吧？

王子明　我完全赞成。青年人，应该这样。

田　英　看样子，王太太仿佛有些舍不得？……

王子明　她也不过是感情上有点不舒适。孩子今年二十岁了，从来没
　　　　有离开过家。

孙　达　这也难怪。

田　英　让他出去锻炼锻炼也好。

王子明　这倒也是的。怎么样，你们今天是来答复我前天向你们党支
　　　　部提出来的问题吧？

田　英　我们正是为了这个来的。

王子明　那么请说吧。

田　英　您提出来的问题我们都慎重研究过，有些请示了上级，有些完全同意您的意见，有些还要考虑。

王子明　哪些你们认为不妥呢？

孙　达　裁减工人，我们工会首先不同意。

田　英　对了，这个问题我们决不能同意。

王子明　可是现在的情况是：停工待料——既无电力，又缺棉花！

田　英　这都是暂时的困难，我们相信不久都可以解决的。

王子明　这我也知道。但现在厂里的工人光拿工钱，不做活！

孙　达　（纠正他）工人不是不做活，是原料不够。

王子明　问题就在这里！

田　英　电力明天就可以恢复。

王子明　那么原料——棉花呢？

田　英　苏联的棉花马上就要运到上海了！

王子明　苏联的棉花还没有来，即使来了，是否合乎我们的要求也成问题。我们过去一向是用惯了美国棉花的。

田　英　这不成问题。苏联的棉花比美国的棉花好得多，我试用过。白，纤维细，长。

王子明　我现在面临的是实际困难，工人的工钱要按时发，一文也不能短，厂里的货色却销不出去。长此这样亏下去，拖下去，我实在吃不消！还是请人民政府来接办我这个工厂吧！

田　英　这是暂时的现象，王经理，我们一定可以克服这些困难的。

王子明　你们老是叫我们资方克服困难，但是，上海解放了八个月，请问我这个资方得了什么利益呢？

田　英　王经理，我们的眼光应该看得远些，政府正在研究我们的困难。最近可能贷给我们一笔款子。

王子明　贷给我们多少呢？

田　英　您请求了多少？

王子明　二百五十亿。

田　英　具体数目我不知道，不过我相信政府一定会批准我们一笔贷款的。

王子明　这笔钱即使批准了，也只够暂时周转一下。

孙　达　我们工会正在号召大家酌减工资，轮流上班，采取有饭大家吃的办法，协助资方渡过难关。可是在目前还希望您能想想办法。

王子明　我有什么办法？现在我已经是山穷水尽了！

孙　达　您有没有什么亲戚朋友可以周转一下？

王子明　在这时候同行同业也都紧得很。我认为今天唯一的办法，只有去向政府借钱！

孙　达　可是政府的贷款是有限度的，我们必须自力更生。

田　英　王经理，我们应该团结一致搞好我们的工厂。

王子明　（又节外生枝）可是厂里的根本问题还不在这里。

田　英　（严肃地）常听您说"根本问题"、"根本问题"，您究竟指的是什么？

王子明　说出来希望你们别见怪。

田　英　我们决不会见怪的，您请说吧。

王子明　你们懂得政治、军事，能管理农村，但不会搞我们这一行！奇怪的是，你们偏偏要来搞我们这一行！

田　英　您的意思是？

王子明　干脆说了吧，你们什么都会，就是不会办工厂！

田　英　（笑）原来您指的是这个。我们承认我们现在有些同志还不十分善于管理大型的工厂，可是我们一定要管理工厂，并且有决心把任何工厂办好！

王子明　问题就在这里。——你们不应该做你们不能做的事情！

田　英　我们会顽强地学习！

王子明　同志，办一个几千工人的大工厂不是像"炸油条"、"烤烧饼"
　　　　那样简单容易！

田　英　可是我们有股"傻劲儿"，那就是我们永远不向任何困难低
　　　　头！当然，我这话并非表示我们不向党外的前辈们、专家们学习，
　　　　例如您，是工业界的前辈，对于办理工厂有丰富的经验，我们应
　　　　该向您请教。

王子明　田英同志，你既谈到这里，请原谅我直率，我要说出我心里
　　　　的话。

田　英　您应该毫无保留地说出来，王经理。

王子明　你们口口声声说要向我请教学习，但你们在实际行动上却不
　　　　尊重我。

田　英　这恐怕不是事实。

王子明　的确是这样。比如，前一个月，我推荐我的一个远房侄子到
　　　　厂里来做管理科副科长，你们工会不同意，说他没有工会会籍，
　　　　说他历史有问题。总之，百般刁难，弄得我下不了台！最近我的
　　　　几个建议，你们又说这不行，那不行。——难道这些就是你们尊
　　　　重我的地方吗？

孙　达　王经理，关于您侄儿的事情，请让我来解释几句，主要是厂
　　　　里工人同志对他有意见。这个人经我们调查，解放前他曾在浦东
　　　　乡下做过联保主任，贩卖壮丁，强奸妇女，是一个无恶不作的家
　　　　伙！现在乡下的农民正在联名告他！工人同志对于您把这样一个
　　　　人搞进厂里来也的确是有意见的。

田　英　至于您最近的几个建议都是有关原则性的问题，我们不能同
　　　　意！——这一切，在我们看来，正是尊重您，保护您！

王子明　我不要你们这类的"尊重"！我这个"经理"实际上已经成
　　　　了你们的傀儡了！

田　英　（严肃地）王经理！您这话太重了！

王子明　事实是如此嘛！

田　英　不，完全是您的看法有问题！请您原谅，我也要直率地说，您还是把解放前大老板腐朽了的那老一套的思想、作风全盘不动地搬到今天人民的工厂里来！这是不行的，我告诉您！王经理！

王子明　那么我倒又要问你们，元丰纺织厂究竟是不是我王子明的？

田　英　当然是您的。但，这不表明您可以抗拒国家的领导！首先，您必须承认今天是工人阶级领导的政权！

王子明　我一向是拥护中国共产党，拥护毛主席的！

田　英　这我们从不怀疑。但是，我们有些时候是有意识地或无意地在抗拒某些事物，而我们自己却不知道。甚至还以为在拥护这些东西呢！

王子明　我不明白你的意思！

田　英　（抑制自己的感情，冷静地、和蔼地）不要紧，王经理，我相信您慢慢就会明白的。我诚恳地告诉您！工厂是您的，截至今天中国还保持着私有财产制度，政府保证资本家的合法利润。至于我们党支部今天在厂里的工作，没有别的，就是保证生产，搞好劳资关系。对于厂里行政方面的措施我们只是善意的建议而已，从来没有干涉过。这是事实。

孙　达　我认为今天的谈话很好。大家都把心里的话说了出来，今后好办事。

　　　　〔秀珍上。

王秀珍　（轻声）爸，请您快去一下吧！长华一定要走，妈妈不放，两个人在闹！

王子明　真不成话！对不起，请你们坐一会儿。

田　英　您请便。

　　　　〔子明随秀珍下。

孙　达　田英同志，他对我们似乎有些意气。

田　英　但是我们还是应该诚恳坦白地把一切问题摊开来和他谈，这样今后好办事。当然，要贯彻党对民族资本家的政策，就少不了要和他们进行斗争。

孙　达　我们今天谈的这些话恐怕他还不能接受。

田　英　我们必须要有耐性。但是我们也必须坚持原则。

孙　达　今天这样直率地和他谈不会妨碍团结吧？

田　英　我们这样做正是为了促进真正的团结。

　　　　〔阿欢送茶、点心上。

周阿欢　请你们吃点心。我们老爷说，他马上就来。

田　英　谢谢。

　　　　〔阿欢下。

孙　达　我建议今天就和他谈到这里。

田　英　好。

　　　　〔子明上。

孙　达　小弟弟怎么样了？

王子明　已经走了。他母亲追去了。我也管不了这些。工厂办不好，连家务事也管不好了。不谈这些。我们的话还没有谈完呢。

田　英　那么您请继续说吧。

王子明　我还要问你们一个问题，这个问题闷在心里很久了，你们在解放前夕为什么要把我留在上海？

田　英　怕您受骗，跟蒋介石跑到台湾去。

王子明　那么我误会了。

孙　达　那么您当时是怎么想的呢？

王子明　我以为你们把我留下来是为了办工厂的。

田　英　对呀，我们党把你们留下来正是为了办好人民的工厂！（良久的停顿）王经理，您今天是不是有些反悔呢？

王子明　不！我王子明做事向来不反悔！

田　英　那很好。（停顿）听说令弟子澄先生又到香港去的意思？

王子明　他？——我不十分清楚。我和子澄，还有那个跑到台湾去了
　　　　的子清，虽是亲兄弟，但各走各的路。

田　英　这也正是党把您留下来的原因！

王子明　但是，我也要说实话，不知怎么的，近来我心里老是感到别
　　　　扭！苦闷！

田　英　这我们也可以理解的。应该说，这是我们大家在改造过程中
　　　　必有的现象。

王子明　改造？

田　英　对。这是不可缺少的一步！也是最重要的一步！

　　　　　［长久的停顿之后，电话铃响。

王子明　（接电话）是的。什么？政府的贷款批准了？好极了！多少？
　　　　二百五十亿？好的，我明天到厂里来处理。

田　英　厂里的贷款批准了吗？

王子明　批准了两百五十亿。数目虽不大，但暂时可以喘一口气了。

孙　达　那么这笔钱是不是先发职工的工资？

王子明　我想不成问题，让我明天到厂里去划算一下。我说嘛，人民
　　　　政府决不会让我们的工厂关门的。凭良心说，今天的人民政府毕
　　　　竟是好政府。我拥护！我拥护！

田　英　（幽默地）假使政府不贷给我们钱，难道今天的政府就是坏政
　　　　府吗？

王子明　不！不！我不是这个意思！

田　英　我们要回去了。（转回头来）王经理，请您别生我的气，一切
　　　　都是为了人民的工厂，也是为了您自己。

王子明　说实话，到现在我还没有十分想通。

田　英　别急。即使今天通了，明天可能又搞不通。俗语说，瓜熟蒂

落，水到渠成。

王子明　（带笑）这还要仰仗你们同志们多帮助。但是我却要说，你们
　　　　共产党真够厉害的！

田　英　不，我们的党永远是慈祥宽厚、与人为善的。您所谓"厉害"，
　　　　大概是指我吧？

王子明　（笑）对！正是指你！

田　英　（也带笑）我看真正厉害的是你们资本家！

王子明　我们民族资产阶级都是拥护共产党的。

田　英　但这一切要看你们今后的实际行动！再见。

　　　　〔子明送田英、孙达下。静芳上，一阵激烈的高射炮声之后，
　　　　远远的高空有敌机坠落之声。

张　恒　（在花园）他妈的！我说你们来找死吧！

　　　　〔张恒上。

张　恒　太太，老爷请您快到地下室去！

丁静芳　你们赶快上楼去把我那两只铁箱子搬下来！快！

张　恒　太太，怎么又搬？

丁静芳　快！叫阿欢！

张　恒　阿欢！阿欢！太太叫搬箱子！

　　　　〔又是一架敌机从高空着火落地的声音。

——幕落


# 第三幕

时　间

两年后，一九五二年春天。一个星期日的上午。

全国正在开展"三反"、"五反"的学习。伟大的抗美援朝运动已

趋紧张深入阶段，接近最后的胜利。

**布　景**

　　同前，陈设依旧。但某些特别豪华的陈设已经搬走了或掩盖了。


　　　　　　［幕启，王子明夫妇在挣扎着混过"五反"的难关，思想斗
　　　　　　争是激烈的，心情是沉重的。子明静坐在一张椅子上沉思。
　　　　　　阿欢送茶具上。静芳示意阿欢退，亲自为子明倒茶。

丁静芳　我不明白共产党的用意究竟是什么！

王子明　很简单，他们就是要把我们这些资本家挤垮！

丁静芳　没有料到你办了几十年的工厂今天来受这份罪！

王子明　我现在想想，三弟子澄走的路子还是对的。

丁静芳　都怪你自己！谁叫你当时把汤恩伯送来的飞机票扯掉啦？

王子明　我当初决没料到共产党会这样毒辣！

丁静芳　那么你现在打算怎么办呢？

王子明　现在只有想尽一切方法混过关去再说。

丁静芳　就怕混不过去。我看你好歹还得去交代。

王子明　去交代？——不，我还得考虑考虑。

丁静芳　你瞧现在这个情况嘛，田英、孙达这几天天天来缠着你麻烦，
　　　　工商联的人也不断地来打通你的思想，赵国初这两天又躲着你不
　　　　见面！

王子明　是呀！赵国初这个家伙，这几天为什么避着我不见面？这里
　　　　面恐怕有文章。

丁静芳　我想今天下午去看看他的太太。

王子明　对。最好你现在就去！

丁静芳　好。

王子明　可是别让厂里的人知道。和他太太谈话也要机灵点儿。

　　　　　　［秀珍从外上。

王秀珍　爸爸，妈妈。

丁静芳　怎么你一早就跑出去了？

王秀珍　嗯。

　　　　［静芳入内取外套、手皮包等，片刻复上。

王秀珍　爸爸，我想和您谈谈。

王子明　和我谈谈？——好啊！

王秀珍　爸爸，这几天田英同志、孙达同志天天都来劝说您，请您冷
　　　　静地想想，政府为什么要这样三番四次地、不厌其烦地来帮助您？

王子明　（冷笑）帮助我？你真以为他们在帮助我吗？

王秀珍　爸爸，您怎么这样想啦？

王子明　事实就是这样嘛！

王秀珍　爸爸，可是您犯的五毒俱全也是事实！

王子明　信他们胡诌！

王秀珍　厂里的检查队掌握了证据。

王子明　（冷笑）证据？"欲加之罪，何患无辞"？

王秀珍　爸爸，您越说越不成话了！您怎么还以旧观点来看今天的党
　　　　呢？爸爸，我告诉您，您与赵国初的"攻守同盟"我都知道了！
　　　　您偷税漏税就搞了一百七十多亿！仅仅在最近的两年您就从厂里
　　　　抽调了三百多亿资金到香港去！还有您厂里的棉花掺杂——你
　　　　们厂里出了许多次纱、次布！——这都是您和赵国初在这儿亲口
　　　　说的！

丁静芳　你怎么知道的？

王秀珍　是我亲耳听见的。

丁静芳　子明，你不是告诉我只抽调了一百五十亿到香港去吗？怎么
　　　　秀珍又说是三百多亿呢？

王子明　你信她胡诌！

王秀珍　妈，我说的都是事实。爸爸，我看您唯一的出路只有去交代。

丁静芳　你还有没有别的事情瞒着我？子明，我们是三十多年的结发夫妻！你还是这样不信任我！难怪人家说我们资产阶级之间只有利害关系，夫妇子女也不能互相信任！

〔子明一面踱步，一面嘀咕着："赵国初这个王八蛋！"

王子明　我始终搞不通，工厂是我办的，为什么我不能抽调里面的资金？难道这就叫着"犯法"？——我真不知道这是哪国的法？

王秀珍　这是资产阶级的代表共同举手通过的中华人民共和国的法！人民民主专政的法！

王子明　我搞不通！

王秀珍　爸爸，近两年来您不是老说拥护共产党和人民政府吗？这大概是政府向您厂里加工订货、有钱可赚的时候您才这样说的吧？或者是人民请您做协商委员、给您荣誉地位的时候？一旦政府的某些措施与您私人利益有冲突，你就满嘴牢骚，这搞不通，那搞不通！

王子明　（有些火了）你满嘴说些什么？

王秀珍　您人在中国，把资金抽到外面去——这不是盗窃国家资财是什么？难道偷工减料是对的吗？难道这一切都是一个爱国的工商业家应该做的事情吗？

王子明　（火了）你们要把我怎么办吧？坐牢？枪毙？——我都去！

王秀珍　政府的政策很清楚，坦白从宽，抗拒从严！

丁静芳　对你的父亲，秀珍，你不能这样没有规矩！子明，我看事到如今，只好去敷衍一下吧？

王子明　我王子明在上海滩上混了几十年，我不能就这样垮下去！难道你也愿意我垮台、丢人现丑吗！

丁静芳　我哪里愿意这样做，可是……

王秀珍　爸爸，您为什么要坚持错误呢？

王子明　（火了）坚持错误？好呀！我辛辛苦苦地将你教养成人，现在居然教训起我来了！我告诉你，少做梦吧！

**王秀珍** 您既然要坚持您的错误，我也没有办法，只好让你们厂里的检查队来跟您谈话！

**王子明** 我才不怕呢！

**王秀珍** （沉痛地、耐心地）爸爸，即使您不为您自己的名誉地位着想，也应该为您的儿女设想……

**王子明** 我这样做何尝不是为你们着想？

**丁静芳** 你爸爸这话倒是真的，我们挖尽心血弄点钱，还不是为了你们儿女？

**王秀珍** 你们错了！我和弟弟决不会要你们剥削来的钱！

**丁静芳** 秀珍！……

**王子明** （更火了）你说什么！剥削来的钱？我将本求利，辛辛苦苦创办工厂！好，你既看不起我这个资本家的父亲，看不起我这个资产阶级的家庭，那么你给我滚！

**王秀珍** （压制自己的感情）爸爸！您……

**王子明** 滚！滚！你给我滚！

**王秀珍** 走就走！

**王子明** 站住，我告诉你，不管你走到哪儿，你还是个资产阶级的女儿！

**王秀珍** 我没有办法选择我的出身，但我有选择自己生活的自由！

〔秀珍正要气冲冲地跑出去，丁慕之迎面进来。

**丁慕之** 怎么啦？

〔秀珍挣扎着要往外跑，慕之将她拦阻。

**王子明** 让她走好了！

〔秀珍抑制不住自己的感情，咽泣。静芳安慰秀珍。

**丁慕之** 二哥，这是怎么啦？

**王子明** 她既看不起我这个资产阶级的父亲，当然她可以走！

王秀珍　（咽泣）我什么时候说看不起您的？我不过是劝您认识自己的错误，去向组织上交代，这还不是为了您好，为了我们这个家！

丁静芳　好了，好了，别再说了。（转向慕之）怎么？——你们医疗手术队不是今天动身到朝鲜去吗？

丁慕之　是呀。可是我对子明的事情还不放心，特为抽空再来一趟。昨晚我从这儿回去之后，孙达同志深夜里还跑到医院去找我，希望我能尽一切的力量帮助子明去交代。子明，据我了解，你在厂里的问题确实不小，虽说这都是旧社会带来的，但是我们今天必须严肃认真地来认识它，我看你还是应该老老实实地去向政府坦白交代。子明，请您仔细想想，政府为什么要这样苦口婆心来帮助您？

王子明　什么苦口婆心！

丁慕之　二哥！

丁静芳　慕之，你说说，共产党为什么一定要逼着子明去交代？

丁慕之　移风易俗，叫我们今后老老实实做买卖、做人嘛！

王子明　我有什么地方不老实？（停顿）做生意买卖哪有不赚钱的？

丁慕之　政府并没有叫您不赚钱，是叫您合理地赚钱！不要违法！

王秀珍　（这时静芳示意秀珍，叫她向子明认错，秀珍忍气吞声地）爸爸，是我刚才不好，性子太急，请您别生气。

丁静芳　只要你知道自己的错就好了。大学都快要毕业了，应该懂规矩。

王秀珍　我这样做实在是为了爸爸，为了我们这一家子。（又抑制不住自己的委屈，眼眶里泛出泪光）

丁静芳　（安慰秀珍）好了，你爸爸已经不生气了。

王秀珍　我还是希望爸爸能快去交代。您看，舅舅在医院里工作这样忙，并且今晚就要动身到朝鲜去，为什么还要到这儿来帮助您呢？

丁慕之　是啊，子明，去吧！我看您现在不去交代也不行了！这两天上海工商界的几个首脑人物通过了激烈的思想斗争，都自动去交代了！听说钱新仁、刘大江几个大资本家昨晚也去交代了。

王子明　你这是从哪儿来的消息？

丁慕之　工商联的人说的。

丁静芳　子明，我看事到如今，不去交代恐怕也不行了。

王秀珍　妈说得对！爸爸，快去交代吧！

田　英　（在外）王经理在家吗？

周阿欢　（在外）我给您去看看。

丁静芳　田英又来了！

王子明　快去！说我不在家！

王秀珍　这怎么可以呢，爸爸！

〔子明急忙避入书房。

王秀珍　爸爸！

丁慕之　子明！

〔秀珍追进书房。慕之、静芳亦将随进，但紧接着阿欢上。

周阿欢　太太，田英同志来了！

丁静芳　老爷不是一早就出去了吗？

〔田英上。

田　英　王太太，王经理不在家吗？

丁静芳　（假殷勤）是呀，子明今天一早就出去了。请坐，请坐。阿欢，倒茶。

田　英　那不要紧，反正我们也可以谈谈。丁医生也在这里？您好！（与丁握手）听孙达同志说您今天要动身到朝鲜去？

丁慕之　是的。

〔田英发觉静芳、慕之有些不自然。

田　英　我看我今天来得不是时候，你们有事吧？

丁慕之　（热情地）没事，没事，你请坐！田英同志，听说你爱人也在朝鲜前线？

田　英　是的，他是一个随军记者。（发现案头摆着长华的相片）这是您那位长华弟弟最近寄来的照片吗？他在干部学校快毕业了吧？

丁静芳　他已经毕业了。现在调派在福建前线工作。

田　英　（指相片）漂亮极了，穿上了军装！小伙子有出息！

　　　　［此时，阿欢拿茶上。

丁静芳　田英同志这边坐。

田　英　怎么秀珍同志也不在家吗？

丁慕之　她……

丁静芳　她一早就到学校去了。

田　英　那么我今天来得太不凑巧了。

丁静芳　田英同志有事情找她吗？

田　英　不，我是来看看王经理的，王经理既不在家，那么和您谈谈也是一样的。丁医生在这儿，更好。

丁静芳　（冷冷地）那么，你就请说吧。

田　英　请王太太千万别以为我和孙同志近来天天来找王经理麻烦，其实我们都诚心诚意希望王先生能做一个爱国守法的工商业家；关于这一点，我想丁医生一定知道得更清楚。

丁慕之　是的，你们同志们是完全出于一片好意。

丁静芳　这个我们都知道，也非常感谢，可是子明并没有犯"五毒"，你们何必一定要逼着他去交代呢？

田　英　王太太，您怎么到现在还这样说呢？这是不符合事实的，厂里工人们的检举信有这么一大堆，每封检举信都经过领导上的调查研究，证明几乎件件都是事实。

丁静芳　我们王先生近几年很不会做人，得罪了不少人。

田　英　王太太，我现在告诉您一件事，这也许是王经理事先决不会料到的，就是赵国初昨天已经全部交代了！

丁静芳　赵国初？

田　英　同时我也可以告诉您，领导上不但没有处罚他，而且给了他
相当的安慰。所以王经理现在唯一的出路只有去坦白交代！

丁静芳　赵国初现在在哪里？

田　英　在家里。他还向组织上表示他愿意去学习。

丁慕之　他要求去学习？

田　英　是的，等他的事情作了定案之后，我们也打算把他的愿望反
映给上级。

丁慕之　那很好。

田　英　党的唯一目的就是挽救人！不管他犯了多大的错误与罪行，
只要他肯回头，党总是伸出手去的。王太太，希望您把我的意思
转达给王经理。请他相信党！

丁静芳　子明一向是拥护共产党的，这你也是知道的。

田　英　您还可以告诉他这几天上海方面的"五反"学习有了飞跃性
的进展。有二十几户大型的工商业家这几天都自动交代了他们的
问题。昨天又有三百零三户比较大的工商业家也去交代了。

丁慕之　听说这些大资本家都是在党的保护下过"关"的？

田　英　这我不大清楚，不过党对他们的案件一定会宽大处理，这是
可以肯定的。所以，王太太，您应该帮助王经理消除一切顾虑去
交代，这是你我的责任，您说对吗，丁医生？

丁慕之　你说得非常对，田英同志！

丁静芳　田英同志，政府为什么一定要人去交代呢？我们认识了错误，
改正错误不就行了吗？

田　英　这是不行的，王太太，一个人唯有有勇气公开承认自己的错
误，才能有不重犯错误的决心。您应该信任党的政策是治病救人
的。当然，现在也还有人在顽强地抗拒到底，甚至还有人在散播

谣言，说这次共产党发动"五反"斗争的目的是如何如何，这都不值识者一笑！将来有一天大家总会明白过来的。

丁静芳　那么你们搞这次"五反"究竟是为了什么呢？

田　英　就是要让资本家认识到唯利是图的丑恶本质。比方说，今天早晨我接到我爱人从朝鲜来的一封信，他告诉我在前线的志愿军最近也在揭发国内资本家的罪行，从他们最近揭发出来的事实来看，一个稍有良心的人是没有不痛恨的！竟有这样伤天害理的事情，从我们上海运到朝鲜前线去的医药物资中竟有一部分是假药！没有消毒的急救包！由于这些假药和没有消毒的急救包，伤害了不少志愿军的性命！

丁慕之　有这种事情？这真是丧尽了天良！作为一个医生，我要抗议这种无耻的罪行！

田　英　我们最可爱的人，在前线挨饿受冻，流血牺牲，为了保家卫国，而在我们国内的资本家，恰恰是我们上海的资本家，为了自己无限度的利润，却干出这种丧尽天良的事情来！您想想，王太太，我们应不应该搞"五反"？

　　　　[这时秀珍忍不住从书房里跑了出来。

王秀珍　田英同志！

田　英　秀珍同志！你在家？你怎么啦？

　　　　[田英走到秀珍面前握住她的手，秀珍忍不住啜泣了。

王秀珍　您刚才说的这些话，我和我父亲在里面都听见了！

田　英　哦！你父亲也在家？

王秀珍　在里面。

田　英　那么我去看他！

丁静芳　不，我去叫他出来！

　　　　[田英正要往书房里走去，王子明从里面出来，面有愧色。

王子明　田英同志，你刚才谈的那些话我都听见了。我虽不是做西药买卖的，但在我的行为里也隐藏着假药。我很惭愧！辜负了党对我的一片好意！（低头）田英同志，请你到里面坐，我要向你谈我心里的话。

田　英　　好的。

王秀珍　　请进去吧！

〔秀珍偕田英进入书房。王子明正要进入书房时，张恒上。

张　恒　　老爷，三老爷回来了！

〔王子澄消瘦了，狼狈地上。

王子明　　子澄——？

王子澄　　二哥……一言难尽！

——幕落


# 第四幕

**时　间**

四年后，一九五六年一月二十日。

**布　景**

与第三幕同。屋里的陈设完全改变了，一色新式家具，美丽、舒适。窗帘也更换了。毛主席的肖像高高悬在中壁。室内温暖如春。盆花盛开。

是一个晴朗的上午。


〔幕启，街头不断传来锣鼓声、鞭炮声。王秀珍、丁慕之站在收音机前听广播。阿欢、周福、张恒等都在阳台上忙着剪贴大喜字或制作彩旗。收音机里播出最后的结语："毛主席教导我们掌握自己的命运！我们必须掌握自己的命运，走社会主义的道路！中国共产党万岁！毛主席万岁！万万岁！"在群众狂热的欢呼声中，秀珍把收音机关闭了。

**王秀珍**　散会了。爸爸妈妈快回来了。

**丁慕之**　今天是上海最可纪念的日子！真伟大，八万五千多户的工商业一次批准了公私合营！

**王秀珍**　这就是说，从此他们开始放弃剥削！

**丁慕之**　钱新仁、刘大江几个大资本家刚才在会上的发言都很动人。

**王秀珍**　舅舅，可惜您来迟了，没有听到我父亲的发言！真精彩啦！

**丁慕之**　他说了些什么？

**王秀珍**　他说他一定要走社会主义的路！要把自己改造成为一个自食其力的劳动人民。

　　　　　［他们也动手制作游行用的旗帜等物。

**丁慕之**　这几年来你父亲的确有很大的进步。

**王秀珍**　这是"三反"、"五反"、抗美援朝以及祖国几年来一连串的辉煌建设教育了他！

**丁慕之**　听说赵国初也从北京学习回来了？

**王秀珍**　舅舅还不知道吧，赵国初早已调到兰州去工作了。他到兰州去之前曾来看过我父亲。看样子有些进步，老实多了。

**丁慕之**　也是"五反"拯救了他！

　　　　　［子澄穿着一套崭新的人民装，神采焕发地上。

**王子澄**　秀珍，你父亲还没有回来吗？

**王秀珍**　就要回来了。三叔不也是到中苏友好大厦开会去了吗？

**王子澄**　我刚从那边来。今天的场面实在太感动人了！好些人兴奋得流泪了！

**王秀珍**　您也流了泪吗？

**王子澄**　可不？我一想到我过去的荒唐，再看看现在的幸福，我又兴奋，又惭愧！再看到千千万万的同业都是那样欣欣鼓舞、积极地要求走社会主义的路，我也忍不住流下了眼泪！

丁慕之　这件事情的确具有历史意义和世界意义！

王子澄　明天将有一百二十万人庆祝游行。我们上海全部工商业家和他们的家属都要参加！你去吗，秀珍？

王秀珍　要去的！

王子澄　丁医生，请您也来参观我们的游行吧。

丁慕之　明天我一定去。

王子澄　（检查剪贴的喜字、彩旗等）这些都是准备明天游行的？不行！不够漂亮！我家里有最好的绸子和彩色纸，我去拿来！（匆匆下）

丁慕之　你这位三叔自从香港回来以后好像表现得非常积极！

王秀珍　他完全是两个不同的人了！现在他还经常下车间去向工人同志学习技术。

丁慕之　真是"败子回头金不换"！

王秀珍　完全是党拯救了他，从香港回来以后，党不但宽恕他，而且信任他，派他充任华生橡胶厂的副厂长。

丁慕之　党实在伟大！当党中央指出中国的民族资产阶级是可以和平改造的，说实话，那时我还有些怀疑，但最近看到全国各地的工商业者纷纷要求公私合营的事实，汹涌澎湃、波澜壮阔的动人场面，我和大家一样，不能不佩服党的预见正确！有一位马列主义的学者说，这次全国私营工商业改造的高潮，是马克思列宁主义在中国革命实践中的又一次伟大胜利！

王秀珍　从这次上海工商界兴奋热烈的行动看起来，绝大多数人的确是愿意走社会主义的路！从我父母最近的行动上，也可以证明这一点。

丁慕之　这就是最宝贵的地方。

王秀珍　可不。（看表）怎么我父亲他们还没有回来？

周阿欢　大小姐，太太回来了可别忘了我的事情！

王秀珍　可是我母亲答不答允还不敢说啦。

丁慕之　什么事呀，阿欢？

周阿欢　舅老爷，阿福刚从乡下来，说乡下所有的合作社都改成高级
　　　　社了，说乡下已经用"铁牛"耕地了，孩子来接我回乡生产去。

丁慕之　这是好事呀，阿欢！应该同你儿子回去！阿福，你这样做完
　　　　全对！

周　福　倒不是别的，丁医生，乡下的日子现在很好过了。在外面当
　　　　娘姨到底是吃人家的饭。再说我妈的年纪还不算大，还可以劳动。
　　　　我女人又刚生孩子，也需要我妈回去照顾一下。我们村里的托儿
　　　　所也叫她去帮忙。

丁慕之　好极了。阿欢，你的意见呢？

周阿欢　我拿不定主意。在太太这儿将近耽了二十年，耽惯了，也和
　　　　在家里一样；可是乡下到底是我自己的家，我倒想回去，怎么对
　　　　太太说呢？

王秀珍　我来替你说。

周阿欢　这合适吗？

王秀珍　没有关系。我们不应该这样自私。你还是和你的儿子回家
　　　　去吧。

丁慕之　秀珍，我就怕一点，你最近要调到西安去工作，你弟弟长华
　　　　又远在福建前线，阿欢要回乡生产去，这么一来，你母亲是不是
　　　　会感到寂寞？

王秀珍　我想不会的。我母亲近来参加了里弄工作，还表现得很积极
　　　　呢！再说，今后的交通越来越发达，飞机将要比天空的小鸟还要
　　　　多，再过几年在西安工作的上海人也可以从西安乘飞机到上海来
　　　　过周末，和他们的亲人欢度周末之后，星期一一早再飞回西安去
　　　　办公。你觉得我这话太理想吗，舅舅？

丁慕之　不，秀珍，你这种看法还太保守了。其实现在就可以成为现实！

王秀珍　我一想起我们祖国光辉灿烂的远景，我就要激动起来！

丁慕之　不仅你们年轻人这样，像我们这一辈的人，活在今天也同样感到幸福。这几年国家的进步实在叫人兴奋！最近的农业合作化，这次私营工商业的改造，党号召我们知识分子向科学进军，都不能不使人激动。

　　　　〔汽车喇叭响。接着传来子明、静芳、子澄的欢笑声。

王秀珍　爸爸他们回来了！我去接他们！

　　　　〔秀珍跑下。片刻，她兴奋地护着王子明、丁静芳上。子澄抱着一堆各色的绸子和彩纸跟在后面。子明穿着崭新的人民装，静芳也穿上了节日的衣服，两人的胸前挂着碗大的红花，脸上浮现着无限的喜悦。首先是丁慕之走过去和他们热情地握手。

丁慕之　二哥！大姊！我给你们道喜！

王子明
丁静芳　大家道喜！

周阿欢　老爷、太太！我也给您道喜！

丁静芳　谢谢你，阿欢！

王秀珍　妈！您真漂亮！您俩从来没有像今天这样漂亮！（拉静芳与子明并肩站着）舅舅，您瞧，他们俩像不像一对新郎新妇？

丁慕之　可不？

丁静芳　瞧你这个淘气的丫头片子！

王秀珍　爸爸今天在大会上的讲话真好！

王子明　在无线电里听得清楚吗？

王秀珍　听得清清楚楚。

丁静芳　我也代表家属讲了话，你们听见了没有？

主秀珍　您的话我们没有听见。

丁静芳　真气死人！难怪你们没有听见！我在下面准备了一肚子的话，可是走上台去，一紧张，全给忘了！最后只说出了两句话：感谢共产党！感谢毛主席！

王秀珍　这两句话就很好！

丁静芳　明天我还要去参加游行。这些东西都做好了吗？（检查做好的喜字、彩旗等）

王子澄　二嫂，您看怎样？——我觉得都不够漂亮。您瞧我刚从家里拿来的绸子和纸。

丁静芳　（看子澄拿来的绸与纸）嗯，您拿来的颜色好看些。

王子澄　那么重做吧，我来帮忙！

　　　　〔子澄亲自动手剪制，秀珍、阿欢、静芳、慕之等协助。

丁静芳　（发现周福）阿福？你是什么时候来的？

周　福　今天早晨来的，王太太。

丁静芳　你来是……

周阿欢　（向秀珍示意）小姐，您……

王秀珍　妈，阿福是来接阿欢回到乡下去生产的。

丁静芳　回乡下生产？现在就走？

王秀珍　是的。

丁静芳　这样吧，阿欢，你回乡生产，我赞成；可是你不能说走就走，得让我把家里的佣人重新安排一下。

周　福　那么希望您快点儿安排吧，我们乡下的活忙着啦！我明天就要带我妈回去。

丁静芳　那可不行！（通过了激烈的思想活动之后）那么……也好吧，反正今后的家务事我要自己来练习着做，我家里也不打算用人了。

周阿欢　这合适吗，太太？

丁慕之　大姊，您现在又有些积极过头了。过头的事情不会持久的。

我看您开始还是自己练习着做，人还是要雇的，譬如现在您家里用了三个劳动大姊，将来用两个或一个就行了。

王秀珍　嗯。

周阿欢　太太，我不能说走就走。阿福，你明天先回去吧。

周　福　妈！瞧您！

周阿欢　孩子，咱们做事不能屈理！

王秀珍　妈，您可别误了阿欢的事。

丁静芳　你们放心好了，现在我也搞通了。

丁慕之　秀珍，你听听！

王秀珍　妈确实是进步了！

丁静芳　那么就这样吧，阿欢。让我布置一下，过几天你就回去。

周阿欢　给太太添麻烦了。

王子明　阿欢、张恒，你们把这些东西拿出去做吧，我们这儿有事。

王子澄　我们到饭厅里做去，那里有大餐桌子，宽敞些。（带头把东西拿出去）

周阿欢　阿福，你也来帮忙。

　　　　〔子澄、阿欢、张恒、周福携带了剪贴的喜字、绸旗等物先后下。秀珍亦拟下。

王子明　秀珍，你留在这儿。

丁慕之　我到花园里去散散步。

丁静芳　慕之，你也别走。

王秀珍　爸，有事吗？

王子明　没有什么事。坐。你打算什么时候动身到西安去？

王秀珍　我们厂里的组织上已经给我办好了手续，一两天就动身。

王子明　你们厂里有多少人同去？

王秀珍　我们厂里去的人不多，只有七个人。但这次同去的有一千七百多人。新新越剧团也跟我们同去。

王子明　你的那位朋友刘刚也去吗？

王秀珍　领导上为了照顾我们，也批准了他同去。

王子明　哪方面的人居多？

王秀珍　这次去是为了支援内地的建设，所以动员的大多数是技术人员，工程师也不少，我在他们中间恐怕是最年轻的一个。

王子明　那很好。你从大学出来不久，实际经验还不够，这次组织上调你到西安去是很好的锻炼机会，希望你将来能成为一个优秀的女工程师。不要像我，半途而废！

丁慕之　对了，女工程师今天还不多。

王子明　你妈和我有几句话对你说，现在我们的工厂从今天起已经是公私合营了，马上就要清产核资了，这对我们家里来说是个根本性的改变，你母亲的意思想把元丰纺织厂的股票划一部分给你。

王秀珍　爸爸，妈妈！谢谢您两位老人家的好意！我现在完全可以独立生活了。

王子明　（向静芳）是不是？——我说不要向孩子提这个，你瞧，怎么样？

丁慕之　好的，你是一个有志气的孩子！

王秀珍　爸，您怎么还这样做呢？

王子明　这完全是你妈的意思。

王秀珍　难道爸爸没有这个意思吗？

　　　　　〔子澄上。

王子明　你以为我永远是顽固不化的落后分子吗？不，今后在社会主义建设事业上我还要跟你们青年人竞赛呢！

王秀珍　爸！您真是大大地提高了！

王子明　你这孩子，还要你来表扬我一番！

丁静芳　好吧，你们爷儿俩都进步，就是我落后好不好？我还要把股票划一部分给长华呢！

王秀珍　妈，您怎么啦？前一个月刚碰过钉子就忘了吗？长华不是把您寄给他零用的五百块钱退回来了吗？我敢担保弟弟也决不会要你们的股票！

丁慕之　大姊，我劝你们别操这份心吧！长华、秀珍都长大成人了，应该尊重他们独立生活的自由。

王子明　慕之的话说得很对。子澄，我和你二嫂今天也要向你坦白一件事情。

王子澄　向我坦白？

王子明　父亲当年留下的一万两黄金，除给反动派敲竹杠敲去了二千两，还剩下八千两保存在你嫂子手里。

王子澄　这事我老早就有所风闻。

丁静芳　你早就知道了？

王子澄　就在您的这间书房里！两只铁箱子里！

丁静芳　你怎么会知道的？

王子澄　赵国初告诉我的。

丁静芳　这个鬼东西！真坏！

王子明　现在你二嫂和我愿意把这八千两黄金全部献给国家，我们考虑必须征求你的同意。

王子澄　我完全同意！

王秀珍　（兴奋地）爸爸！

王子明　既然我们大家都同意了，那么我就去写信报告市长。

丁静芳　慢点，我觉得咱们还应该冷静地考虑一下。

王子明　怎么？钱还没有拿出去你就反悔么？

丁静芳　（轻轻地，严肃地）不是，子明，咱们年老了怎么办呢？我想来想去，还是有些不放心。

王秀珍　妈，我看这不成问题，到那时候咱们说不定已经进入共产主义时代了！而且，我和长华都可以养着您二老！

丁静芳　丫头，你不是像小鸟一样唱着好听吧？

王秀珍　妈，您怎么这样说呢？

丁静芳　儿女们大了，都要飞了！

王秀珍　我们是要飞的，但不会离开我们亲爱的父母！

丁静芳　但愿你们能这样，孩子！不过我以为，子明，我们还应该把这笔金子留一部分在手里。

王子明　留下多少呢？

丁静芳　我的意思是留下三千两，把五千两献给国家。

王子明　我不赞成！

王子澄　嗯，这不大好。

王秀珍　妈！您怎么还有顾虑啦？

丁静芳　孩子，我这不过是一点小顾虑，可是你别瞧你爸爸现在这样积极，其实他心里也有顾虑。

王秀珍　爸，您也有顾虑？真的？

王子明　别听你妈的！俗话说"无官一身轻"，元丰既蒙政府批准了公私合营，我真是全身感到轻松愉快！况且政府还优待我们，给我们定股定息，你们想我还有什么顾虑？

丁静芳　这些都是你爸爸的真心话。可是他还有一点没有说出来！他怕将来在厂里的人事安排上得不到合适的位子。

王秀珍　哦，爸爸怕将来不能做经理？

王子澄　二哥，我以为这是不必要的顾虑，像我这样的一个败子回头，政府不但合理地把我在华生橡胶厂的私产折成了股票给我，而且还安排了我做副厂长。二哥，您当然不成问题。

丁慕之　我也想这是多余的顾虑。

王子明　其实我现在没有什么了，这是几天我和你母亲偶尔谈及将来的工作引起来的。现在我没……没有任何顾虑了。

王秀珍　我相信爸爸现在没有任何顾虑了吧？

王子明　好吧，我去写信给市长。（往书房走）

丁静芳　子明，你在信上只能写：献给国家五千两黄金，那三千两，
　　　我一定要留下！

王子明　你留下作什么用呢？

丁静芳　你不用管！自有我的打算。

　　　［子明和静芳正要走进书房时，甬道上传来田英的声音。

王子明　谁？

王秀珍　好像是田英同志的声音？

　　　［田英上。

田　英　恭喜恭喜！（与子明夫妇热烈地握手，并与其他在场者握手）

王子明　大家恭喜！

田　英　全厂的职工听到咱们的工厂被批准公私合营，大家兴奋极了，
　　　马上组织了一个报喜队，先到厂里的党委会报了喜，一会儿就要
　　　上您这儿来了。

王子明　不敢当！其实我应该到厂里去向大家报喜！请坐！请坐！
　　　（向静芳）叫他们快泡茶来！

　　　［子澄与慕之在谈着什么，走往阳台。

田　英　听孙达同志说您找我？

王子明　是的。可是没有什么要紧的事情，就是心里有些话想和你谈
　　　谈，向你请教。

田　英　哪里，您请说吧。今天我们听到您在中苏友好大厦的发言，
　　　大家认为很好。

王子明　说得不能算好，却都是我心里的话。我今年才五十八岁，还
　　　不能算老，我要从头学起，从头做起，一定要把咱们的企业搞好，
　　　马上要和大家一起来把清产核资的工作做好，把人事安排工作做
　　　好！今后要多依靠党的领导，和全体职工同志的帮助，特别是你
　　　的帮助，田英同志！

田　英　不，个人实在太渺小了。我们大家团结一致，来搞好我们的
　　　　工厂吧。

王子明　今后我应该诚心诚意地向工人阶级学习。

田　英　昨天我曾向上级汇报了一下我们厂里的情况，顺便对将来厂
　　　　里的主要领导干部的人选也初步交换了意见，领导上的意思是将
　　　　来还要请您担任元丰纺织厂的经理。

王子明　不，不，我的能力实在不够胜任。

田　英　这是上级的意思，请您别推辞，而且是驾轻就熟。

王子明　其实我倒想回到我的本行去。

田　英　本行？

王秀珍　田英同志还不知道吧？我父亲年轻的时候本来是在英国学纺
　　　　织工程的。他常在我们面前夸口，说他是老牌工程师。

王子明　可是荒废多年了。唉！三十多年来，所学非所用，反倒把
　　　　我最可宝贵的青春和壮年葬送到可耻的剥削勾当中去了！惭愧！
　　　　惭愧！

田　英　王经理，咱们应该往前看。您刚才不是说您还年轻吗？

王子明　对，我应该重新做人！我应该把我的一切献给国家！我现在
　　　　忽然有这么一个想法……我想……

田　英　您想什么？

王子明　党和政府既然这样信任我，照顾我，我想把元丰纺织厂全部
　　　　的资产献给国家！

田　英　不，现在政府的政策是在工商界自愿的基础上实行公私合营，
　　　　通过合营来进一步地改造企业、改造人，主要是改造人！毛主席
　　　　教导我们，瓜熟蒂落，水到渠成。据我所了解，政府现在绝对不
　　　　接受这方面的任何捐献，即使有人要这样做，政府也要极力劝阻、
　　　　说服。自然，您这种爱国精神是很值得钦佩的！

丁静芳　那么咱们捐献黄金的事情是不是也和田英同志商量一下？

田　英　捐献黄金？

王子明　是这么一回事，我们先父当年留下了一笔黄金，指明这是"传家宝"，不到万不得已时不能动用。在一九四九年解放前夕，给反动派敲竹杠敲去了一部分，我们刚才开了一个家庭会议，打算把它全部献给国家。

丁静芳　（急插）五千两！

田　英　这意思也很好，不过我刚才已经说过，政府不会接受这类捐献的。倘是什么骨董字画有关国家的文物，或许还可以。

王子明　我主张把它换成人民币——投资到咱们的工厂好不好，田英同志？

田　英　据我所知，你们把这笔黄金投资到元丰纺织厂去政府也不会批准的！因为今天的政府只是鼓励我们大家走社会主义的路，而不是叫我们把所有的私人钱财都拿出来；假使是这样的话，那么咱们中国只要一晚上就可以变成社会主义的国家了！——政府只要下一道命令把全国资本家的财产，包括工厂在内，全部没收，岂不简单省事？然而今天，我们是要依靠着全国人民团结一致地积极劳动，为国家创造更多、更大的财富，使我们的国家逐步消除贫困，消灭剥削，在不久的年月里变成一个繁荣、富强、自由、幸福的新中国！

王子明　田英同志，你说得很好！那么我们这笔黄金怎么办呢？

田　英　请你们再考虑考虑吧。

丁静芳　那么这笔金子就暂时留下吧？

王子明　不好。咱们再考虑吧。

　　　　　〔花园里传来长华的声音。接着一位英俊、沉着、朴实的青年海军尉官，穿着一身漂亮的制服，戴着金光闪耀的肩章，出现在门口。

王长华　妈！

王秀珍　弟弟？

丁静芳　谁？——你——长华？

王长华　是我，妈！（母子拥抱）

丁静芳　（激动地）我不是做梦吧，孩子？

王长华　不是，妈！

王秀珍　弟弟，你好？

王长华　姊，你们都好？舅舅！三叔！田英同志！（和大家一一握手）

丁静芳　你怎么不事先写信通知我们呢？

王长华　连我自己也不知道会路过上海的。

丁慕之　那么你是有任务来的？

王长华　是的，我们的军舰明天就要离开这里。

丁静芳　什么？——你明天就要离开我们？

王长华　是的，妈。我特为告假上岸来看看你们。

丁静芳　不行，孩子，你一定要在家里多留些日子！

王长华　妈，我现在是军人。军人一定要服从命令，有高度的组织性、
　　　　纪律性。我只告了二十四小时的假。

丁静芳　那么，我快点儿去弄点东西给你吃吧！（忙下）

田　英　时间过得真快，你是一九五……

王长华　我是一九五〇年离开家的，已经六年了。

田　英　长华，我祝贺你终于光荣地成了英勇的中国人民解放军！
　　　　（再一次热情地和长华握手）

王长华　完全是党的教育与培养。在收音机里听到上海的私营工商业
　　　　改造已经达到了高潮，你们元丰纺织厂也公私合营了吗？

田　英　今天刚被批准。

王长华　爸爸，我为您祝贺！（与父亲热烈地握手）为你们大家祝
　　　　贺！（和田英握手）

王子明　从此我决心放弃剥削！我要好好地改造自己！

王长华　三叔也变了，不像从前那样瘦弱。

王子澄　长华，见到你，我感到惭愧！

王长华　三叔，关于您的一切，姊姊早已写信告诉我了。请您原谅我
　　　　当年的毛躁！（这时阿欢、周福、张恒等都进场，长华一一与之
　　　　握手）你们大家都好？

周阿欢　大少爷好？

王长华　阿欢同志，分别了六年，你怎么还没有改过口来？

周阿欢　哦……哦……我应该称您为解放军同志！

丁慕之　这就对了。

　　　　〔静芳端着一盘点心上。

周阿欢　解放军同志，我要向您提个意见，你们为什么还不解放台
　　　　湾？可怜他……爸，他……爸今天还在台湾……（眼眶里有些
　　　　湿润）

周　福　妈！您怎么啦？今天这样大喜的日子……

周阿欢　真是，你瞧我！……（忙擦了擦眼睛）

丁静芳　阿欢，你快去做点什么好吃的菜给长华吃吧！

周阿欢　好的！好的！对了，大少爷喜欢吃"狮子头"！

　　　　〔此时静芳拉着长华到一旁轻轻地说着什么。

王长华　给我一部分金子？这是怎么回事，妈？不，不，我绝对不
　　　　要！我作为一个共产党员，一切生活资料都应该来自自己的劳动！
　　　　妈，谢谢您！我的一切现在都有党和人民照顾！

王秀珍　（兴奋地）弟弟，你申请入党已经批准了吗？

王长华　就是在前几天批准的。我还没有来得及写信告诉你们呢。

王秀珍　我衷心地祝贺你！我一定要向你看齐！（与长华热烈地握手）

王子明　（激动地）什么！你……你已经是共产党员了，我的孩子？一
　　　　个资产阶级的儿子也能成为一个共产党员？

田　英　为什么不能呢？阶级与个人是有区别的。资产阶级，作为阶

066

级本身来说，必须彻底消灭，但是资产阶级中的个人通过脱胎换骨的改造，是可以转移成分的。只要自己努力去争取。不是这样吗，长华同志？

王长华　是这样的。

田　英　我衷心地祝贺你！祝贺你们全家！（与长华、子明夫妇等一一握手）

王子明　这是我们王氏门中最大的光荣！长华，我虽是你的父亲，但在这方面我应该向你学习！

丁静芳　我的乖儿子，妈妈向你说什么呢？让我亲亲你吧！（热烈地吻长华的脸，激动得流出了眼泪）

王长华　妈！别哭！

丁静芳　我没有哭！我是高兴！我感到莫大的光荣！我做梦也没有料到党这样看得起我们！今后我和你爸爸一定跟着共产党走！

王子明　静芳，你说得对！我们今后一定跟共产党走，听毛主席的话！放弃剥削，继续不断地改造自己，做一个自食其力的劳动公民！

丁静芳　那么我们那八千两金子怎么办呢？

王子明　金子应该分一部分给三弟子澄，过去我们曾隐瞒着他，今天检查起来我觉得很不对！简直是欺骗！

王子澄　不，不，不，我决不能要那笔金子！一分一厘我也不要！现在国家给了我薪水，生活得很好，说实话，金子对我也没有什么用处了！

丁静芳　（带笑）真的金子对你一点用都没有吗？

王子澄　二嫂，我这会儿说的都是真心话。至于说到"欺骗""隐瞒"，那应该说我也欺骗过二哥，过去的事情不再提了吧。二哥！但愿我们今后都能做一个新中国的诚实公民，真正的亲兄弟！亲手足！

田　英　子澄先生，您说得很好！

丁静芳　那么这笔金子怎么办呢？

王秀珍　我建议用来买一九五六年的公债！

王子明　对，买公债！

王子澄　我赞成！

丁静芳　我也同意！

王子明　田英同志，难道你以为这样做不好吗？

田　英　不，不，我认为这样做很好，我非常佩服你们这种爱国的精神！不过我个人有这样一个不成熟的看法，是不是这笔金子今天暂时还不要处理，让你们王府上的人再冷静地考虑一下？因为我们往往在热情奔放的时候做了某一种事情，事后有时也会反悔的；也正如我们思想改造一样，我们今天搞通了，可能明天又搞不通了，您说对吗？

丁慕之　我完全同意田英同志的意见。

王长华　爸，妈，田英同志的话很有道理。

王子明　田英同志，你是不是说我们还没有真正掌握自己的命运？

田　英　（犹豫了一下）不，你们已经在开始掌握自己的命运了！当然，这并不是说我们今后就毫无困难了。我们要更好地掌握自己的命运，今后就必须进一步地加强自我改造，脱胎换骨地改造！因为我们今天的私营工商业改造只是推翻了生产资料私人所有制；为了巩固我们这次的胜利，我们必须进一步拔除我们灵魂深处的腐朽的资产阶级思想，来一个社会主义的思想大革命！您说对吗，王经理？

王子明　田英同志，我明白你的意思！（走过去恳挚地和她握手）我今后一定要认真地学习，在劳动的锻炼中改造我自己！希望党能继续给我帮助！

王长华　爸爸！妈妈！我为你们祝贺！祝你们今后在企业改造和个人改造上进一步获得成就！不过"知父莫如子"，我也要直率地说，过去爸爸有个"两面摆动"的毛病，希望您今后永远跟着共产党走，走社会主义的大道！

田　英　（热情地）对！

　　　　　［此时花园的大门口锣鼓喧天，鞭炮齐鸣，接着张恒上。

张　恒　经理！厂里的报喜队来向您报喜了！

王子明　走！我们大家一起到市委会、人民委员会去报喜！

　　（在大家狂呼万岁、锣鼓鞭炮声中，闭幕）

一九五六年六月一日于上海

一九五七年春由上海人民艺术剧院演出

# 过　渡

## （三幕剧）

## 人　物

张国本——大学毕业生，年约二十五。

桥工甲——年约三十岁的青年农民。

桥工乙——年约二十五岁的青年农民。

桥工丙——年约二十五岁的青年农民。

桥工们——十人至二十人。都是二十二三岁的青年农民。

胡船户——即胡大爷，大绅士，年约五十。

王善文——渡船上的管事人，年约二十五。

老　杜——老船夫，年约六十。

杜　妻——年约五十。

小　李——船夫，年约二十。

船夫们——吴毛，赵三，沈八……

渡客甲——年约五十的农民。

渡客乙——年约三十的农民。

渡客丙

渡客丁

渡客戊

老　　妇

村　　女——年约十三四岁的乡下姑娘。

渡客们——十人至二十人。

小　　贩——在渡船上摆小摊者。

巡警甲——年约三十。

巡　　长——年约四十。

巡　　警——二人。

# 第一幕

**景**

　　大流河边。这条河虽名为"大流"，然而并不像扬子江或黄河那样的宽大、汹涌。它大约有十几丈宽，水浅时仅二三尺，大水时也不过一丈来深。它的来源和止境，村人却无从知道。两岸布满着大小村落，农民在耕种上很受它的利益，有时也受洪水横流的损害。村民最感痛苦的是它阻碍两方的交通，而河东河西的人们在生活上又必须有很密切的来往。到县城去，这条河是必经之道。过河唯一的办法是乘渡船。这儿便是设渡的地方。

　　现在正是水浅的时候，从岸到船还得经过一斜形的土坡，所以观众看不见河水。舞台的左角搭有席棚一间，是管渡人王善文的住所。据说他是船户胡大爷的亲戚，这渡上的一切事情都由他看管，譬如收敛渡钱，监视船夫。他长得瘦弱的身材，灰白的脸上衬托着粗蛮的眉眼，一看，就知道他有吸某种毒物的嗜好。对于任何事情他都提不起神来，只有对于他手下的船夫和一般穷苦的渡客，却尽力的欺压。靠近席棚有一个贩卖茶水糖果的小摊。

　　舞台中心堆着不少的木料和石头。

未开演前，先唱前奏曲——《过渡歌》。

开幕，张国本在那里手忙脚乱的指挥着几个青年农民搭架，搬砖，运石，挖地。同时，有许多男女老幼乡民麇集在这里要过渡，其中有的推着车、挑着担，有的背着包袱，有的骑着牲口。他们大多数都是穷苦的农人。他们为了渡上今天加了价，正在那里和王善文争吵。

善文　从今天起，八大枚！你们爱过不过，短一枚也不行！

客甲　昨天不是四大枚吗？怎么今天就要八大枚呢？

善文　没有理由。这是我们船东家胡大爷亲自加的价！从今天起，不管什么人，一律都是八大枚！少一枚也不行！这是胡大老爷的命令！

客乙　胡大老爷？胡大老爷也不能不讲理呀！他把渡船加了价，总得事先告诉我们才行呀！

善文　不是早就告诉你们了吗？

客甲　我怎么今天才知道？

善文　你们不用噜苏！我说八大枚就是八大枚！要是你们嫌贵了，你们可以不坐我的船！反正渡船是我的！

客乙　好吧！大家都不要乘他的渡船！咱们光着脚丫子走过去得了！反正这会水浅！

客甲　好！咱们一起走过去得了！

群众　好！咱们一起走过去！

　　　〔有的渡客已经往坡下走去。

客乙　哎呀！可是我这辆车怎么办呢？

客甲　嘿，空车那还不容易吗？我们大伙儿替您抬过去！

客丙　可是我的老太太过不去呀！

客甲　那更容易了，你不会背着她过去吗？

客丙　对了，不是您提醒我，我倒糊涂了！妈呀，请您老人家爬在我背上，我背您过去！

老妇　不，我怕摔着！

客丙　不会的，妈，这会儿河里的水浅，只有二尺来深。

老妇　我不！我想，我们还是坐渡船过去。

　　　[又有些渡客往坡下走去，有些照价给钱，有些还犹豫不决。
　　　　张国本便乘机向群众演说。他是张家庄人，曾由大学毕业，
　　　　是村里青年的领袖。

国本　诸位！我劝大家不要坐渡船，也不要光着脚走过去，还是大家
　　　一起来造一座桥吧！桥造好了，大家可以不花钱，不受气，平平
　　　坦坦的走了过去！来吧，请你们大家一起加入吧，有钱的出钱，
　　　没有钱的出力气，我们这儿已经开工了！

　　　[这时八个桥工开始拉运或搬运一块大石头，国本在前面领
　　　　导，口中很有节奏的呼出："大家都来出力吧……"桥工们响
　　　　应着："来吧！"……一呼一和，异常和谐雄壮。

国本　（独唱）大家都来出力吧！

桥工　（合唱）来吧！

国本　（独唱）造好了这座桥啊！

桥工　（合唱）哎哟！

国本　（独唱）大家都有利呀！

桥工　（合唱）哎呀！

国本　（独唱）大家都流汗吧！

桥工　（合唱）来吧！

国本　（独唱）造好了这座桥啊！

桥工　（合唱）哎呀！

国本　（独唱）不受人家的气呀！

桥工　（合唱）哎呀！

国本　（独唱）大家都来苦干吧！

桥工　（合唱）来吧！

国本　（独唱）造好了这座桥啊！

桥工　（合唱）哎哟！

国本　（独唱）我们的子子孙孙世世代代都便利呀！

桥工　（合唱）哎呀！

客丁　张先生，您不是在大学堂里毕业了吗？怎么来干这个呢？

国本　怎么啦，王大爷，干这个不好吗？

客丁　嘿呷，张先生，我不是说干这个不好，我是说像您这样的阔人应该做官去。

国本　做官去？为什么我这样的人就应该做官去呢？

客丁　念书不是为着升官发财吗？

国本　一般人念书，也许是为着做官发财，我却不是这样。

客丁　那么您为什么？

国本　我读书为的是求知识，替国家社会服务。譬如我大学已经毕业了，但我不愿意在繁华的城市里鬼混，所以才回到本村来作点事。

客丁　您可以在村里教书作先生呀，为什么您要领着大家来造桥呢？这是多么苦的活呀！

国本　这话谈起来可长着啦。你们知道我的父亲是怎样死的吗？

客戊　哦，哦，张七老爷吗？听说他老人家是在什么地方淹死的？这是好多年前的事情吧？

国本　我的父亲就是在这大流河里淹死的！这是十五年前的事情，那时候我才九岁，有一天我父亲带着我上这儿来过渡，正碰着发大水，这河里的水大极了，船走到河的中心，忽然来了一阵狂风，把船整个的刮翻了！可怜全船的渡客五十多人，只有我和几个人被救活了！

客乙　其他的人都淹死了吗？

国本　从那时候起，我就立志要在这儿造一座桥！——纪念我父亲和那次遇难的同胞，最要紧的是使大多数的同胞今后不致再发生同样的不幸！

客戊　哦，原来里面有这么一段故事。张先生，我明白了，我现在明白了您为什么不到外面去做官。这的确是好事，修桥铺路。唉，说起淹死人来，每年发大水的时候，这渡船上总要淹死不少的人，张先生，您不知道，我的侄儿也是在这儿淹死的！他倒不是翻了船死的，是因为过渡的人太多被挤到河里淹死的！

国本　所以在这大流河上必须造一座桥！

客丁　对了，这的确是好事，可是就怕不容易。造桥总得用大笔钱，在这年头弄钱就够困难的。

国本　筹钱还不算困难，顶困难的是大家漠不关心，倘若附近村里的人对于这事热心，这桥一定可以造成功，要钱，就可以有钱；要人，就可以有人。就拿我们张家庄来说吧，我们村里有两千多块钱的办公费，村里的绅士们都要把这笔款用来在这河边修一座"龙王庙"，我当时就尽力反对，认为这笔钱要是这样花了未免太冤，而且是提倡迷信，于是我就把全村的人都召集来开会，向大家提议把那笔款用来造这座桥。中间不知道经过了多少麻烦，费了多大的劲，好容易大家才同意了，虽然到现在还有几个人反对。

客丁　这些材料都是您村里的钱买的吗？

国本　是的。这几个钱是不够的，我还得向各方面去募捐。

客戊　有了钱，还得要很多的人呢，你们少数人也是干不成的。

国本　你说得一点儿不错。所以我请大家都来参加这件工作！您愿意加入吗，王大爷？我们每人只有一毛钱一天，刚够大家吃饭的。

客戊　就怕我不行。

国本　您怎么不行，王大爷？没有不行的！站在这儿的人谁都行，只要大家肯牺牲一点工夫。

客乙　我也能够吗，张先生？

国本　都行！

　　　　[此时一群渡客将国本包围起来。东一句"我能够吗"，西一句"我行吗"。国本大声回答说："人人行，只要大家肯合作，肯牺牲！"大家正在激昂热烈的时候，听到船户胡大老爷的声音。他是胡家村的首户，曾到外省作过知县，在四乡很有声势，村人都称他为"大老爷"。他虽不是这地面上的皇帝，但实际上就是这地面上的皇帝。村人一提起"胡大老爷"，几乎无人不知，无人不晓，无人不敬，无人不怕。他长得高高的个儿、胖胖的身材，脚穿双梁鞋，嘴蓄八字须，手上拿着一杆长的旱烟袋，脸上摆着十足的绅士气，不，简直是官僚气。

船户　（在内）小福！你就把牲口拴在那边，先喂喂它吧！啊？

善文　你们不要在这儿胡闹了吧，大老爷来了！赶快让开路！

国本　这是公家的地方，大家可以站！

善文　我给你说不上话！

客乙　您从前看见过胡大老爷吗？

客戊　见过，我见过他好几次。去年他还到我们村里听过戏呢。

客乙　我可没见过他。听说他那个样儿很叫人害怕？

客丁　好，你连大老爷都没有见过吗？你真是一个十足的乡下佬！这附近的人谁不认识他！他就是这渡上的船东家。这些船都是他的。他到外省去做过好几次大老爷呢！这附近的地都是他的。

　　　　[此时国本领着桥工用"夯"砸一块地基，并由他领唱《过渡歌》。大家一边唱，一边砸，声与力，力与声，打成一片，非常和谐、雄壮、伟大。

（一）（独唱）大流河上造座桥吧！（合唱）用力砸呀！

　　　　　　　不花钱来真便利哟！　　　　　用力砸！

　　　　　　　大流河上造座桥吧！　　　　　用力砸呀！

不怕风来不怕雨哟！　　　　用力砸！

（合唱）来哟，大家来哟砸呀！

砸呀，砸呀，努力来吧！

哟哎嘿，哎嘿喉！

（独唱）大家同心协力，

你扛木头我挖泥！

（合唱）来呀，大家来哟砸呀！

砸呀，砸呀，努力来吧！

哟哎嘿，哎嘿喉！

（二）（独唱）大流河上造座桥吧！（合唱）用力砸呀！

河东的粮食河西吃哟！　　用力砸！

大流河上造座桥吧！　　　用力砸呀！

河西的布来河东穿哟！　　用力砸！

（合唱）来哟，大家来哟砸呀！

砸呀，砸呀，努力来吧！

哟哎嘿，哎嘿喉！

（独唱）河东的牛儿耕河西，

河西的车儿过河东！

（合唱）来哟，大家来哟砸呀！

砸呀，砸呀，努力来吧！

哟哎嘿，哎嘿喉！

（三）（独唱）大流河上造座桥吧！（合唱）用力砸呀！

河东的老师教河西哟！　　用力砸！

大流河上造座桥吧！　　　用力砸呀！

河西的学生到河东哟！　　用力砸！

（合唱）来哟，大家来哟砸呀！

砸呀，砸呀，努力来吧！

哟哎嘿，哎嘿吼！

（独唱）河东的姑娘爱河西，

河西的汉子爱河东！

（合唱）来哟，大家来哟砸呀！

砸呀，砸呀，努力来吧！

哟哎嘿，哎嘿喉！

（四）（独唱）大流河上造座桥吧！（合唱）用力砸呀！

一个人的力量怎么够哟！　　用力砸！

大流河上造座桥吧！　　　　用力砸呀！

大家的力量才做得到哟！　　用力砸！

（合唱）来哟，大家来哟砸呀！

砸呀，砸呀，努力来吧！

哟哎嘿，哎嘿喉！

（独唱）大家一起来苦干！（合唱）努力，流汗！流汗，苦干！

（合唱）来哟，大家来哟砸呀！

砸呀，砸呀，努力来吧！

哟哎嘿，哟哎喉！

［船户上。

**船户**　善文，这就是你报告的那些孩子在这里胡闹吗？

**善文**　是的，老爷！

**船户**　好！叫他们马上替我滚走！这还了得！简直没有王法了！你们
一起替我滚开！赶紧滚！好大胆，居然敢到我这渡上来胡闹了！

［有些过渡的客人，看见胡大老爷这么发狠，因为怕事，已
经慢慢的溜了。

**国本**　胡大爷！您不能这样不讲理！我们并没有犯法，您为什么叫我
们滚走？

**船户**　不是在这儿胡闹，你们在这儿干什么？

国本　胡大爷，您能说造桥是胡闹吗？

船户　谁叫你们在这儿造桥的？你们奉了谁的命令？

国本　造桥既是要奉命令，请问这里的渡船加价是奉了谁的命令？

船户　这儿的渡船是我的！是我叫他们加价的！

国本　您凭什么在这里设渡？您凭什么随便加价？

船户　我不凭什么！我爱在这儿设渡，我就可以在这儿设渡！设了渡我就可以加价！你管得着吗？你是什么东西！

国本　我们也不凭什么。我们觉得这儿应该有一座桥，我们就在这儿造一座桥，您管得着吗？您是什么东西！

船户　好！善文，他是哪里来的这么个野小子？他竟敢骂起我来了！我活到五十多岁，从来没有人敢骂我！好，好，他这野小子，居然……善文，你告诉我他是哪里来的这个野小子，我非办他不可！

善文　老爷，请您别生气，您不认识他吗？

船户　我不认识这野小子！

善文　他就是这张家村张七老爷的儿子。他一向都在外边，今年刚从大学毕业回来，现在还没有事。

船户　在城里混不到饭吃，所以回到乡下来捣乱，是不是？你们不要作梦吧，有我在这儿你们想捣乱是捣不成的！

善文　他说他父亲十五年前在咱们这渡船上淹死了。

船户　所以他现在来报复咱们。他简直是个小流氓嘿！

国本　胡大爷，请您口里放干净点儿！

船户　骂了你这小流氓！怎么样？

国本　胡大爷，假使我是小流氓，那么您一定是个大流氓！

船户　你这小子一定是个什么党，我非叫衙门里办你不可！你们（指一般桥工们）一定都是他的同党，我马上到衙门去叫人来逮你们！

　　　［有些怕事的渡客都先后散去了。一个胆小的桥工听说船户要抓他们，也想溜走，却被船户看见。

船户　站住！走？你们不能这样走！这些架子是谁扎的？这些木桩是谁埋的？乖乖的替我拆下来！不然的话，我非把你们这些东西抓到衙门里去不可！

善文　快拆了吧！我不是早就告诉你们了吗，你们有本领把这些木头运来，我就可以叫你们把这些木头搬走！你们既然把这些木桩埋进去，我就可以叫你们拔出来！现在怎么样，你们瞧？

船户　拆！赶紧拆！

　　　　〔桥工们都停了手，注视着国本。

国本　大家别害怕！一切都有我。我们没有犯法，衙门里决不能逮我们。我们是为了大众的利益才造桥，这事衙门里早已知道。我们继续工作吧！

　　　　〔此时船夫老杜拿着一根撑篙上。

善文　你上来干吗，老杜？

老杜　我上来问问船开不开？

善文　要是人满了就开过去！

老杜　我听说大老爷来了，我有几句话要对他老说。大老爷，您好？我给您请安啦！

船户　他是老杜吗？

善文　是的，他就是这渡上的头儿。老杜，你有话等一会儿说吧，这会儿大老爷忙着啦！

老杜　是！是，是！

　　　　〔有一个十三四岁的小姑娘忽然走到船户前，向他请安。

村女　您不是大老爷吗？我实在不知道渡船加价了，我只带了四大枚。我妈在河西帮人做活，现在得了重病，我得赶紧去看她。您能让我过去吗，大老爷？

船户　这小姑娘说了些什么？

善文　她说她只带了四大枚，她请您让她过去。

船户　那可不成！四大枚可不能过去！

村女　大老爷，请您让我过去吧！我妈在河那边得了重病。我下次再带四大枚来还您！

善文　老爷，这绝不能通融的，倘若四大枚可以让她过去，那么其他的人都可以过去呀！

船户　对了，你这话很有道理。小姑娘，我倒很想让你过去，可是……

村女　我求您，大老爷，让我过去吧！

善文　去！走开！

　　　　〔善文使劲的把村女推到一边，村女哭泣了。

老杜　我看这小姑娘哭得怪可怜的！来，小姑娘，我借给你四大枚——我也只有这四大枚了。

　　　　〔老杜由袋内取出铜元四大枚给村女。

村女　谢谢您，老伯伯！我明天一定还您。

船户　嘿，你怎么借钱给她呀，老杜？你自己也是没有钱的人！

老杜　我看她怪可怜的。

善文　倘若大家都向你借呢？还是拿回来吧！做好事决不是这样做法。

老杜　小姑娘，那么请你把那四大枚还给我吧。

村女　老伯伯，我明天一定还您！

　　　　〔村女表示不愿意交还，善文很凶猛的走过去夺取，村女挣扎，结果还是被善文夺了回来，村女放声大哭，众人表示不平。

船户　老杜！这都是你惹出来的事！要是下次你还这样做，我就开除你！

老杜　我看她很可怜！下次决不敢。

　　　　〔村女只是哭泣着。国本由袋内取出四大枚，走过来安慰她。

国本　小姑娘，你别哭，我给你四大枚，你赶快过河去看你的妈吧！

村女　谢谢您！我明天一定还您。

国本　快走吧！

　　　　［村女向国本鞠躬后，往坡下走去。有些渡客跟着下去。国
　　　　本仍领着桥工们打夯，唱歌。

（合唱）我就来哟，大家来哟砸呀！

　　　　砸呀，砸呀，努力来吧！

　　　　哟哎嘿，哎嘿喉！

（独唱）大流河上造座桥吧！（合唱）用力砸呀！

　　　　河东的老师教河西哟！　　　　用力砸！

　　　　大流河上造座桥吧！　　　　　用力砸呀！

　　　　河西的学生到河东哟！　　　　用力砸！

（合唱）来哟，大家来哟砸呀！

　　　　砸呀，砸呀，努力来吧！

　　　　哟哎嘿，哎嘿喉！

（独唱）河东的姑娘爱河西，

　　　　河西的汉子爱河东！

（合唱）来哟，大家来哟砸呀！

　　　　砸呀，砸呀，努力来吧！

　　　　哟哎嘿，哎嘿喉！

船户　你们这些混帐东西！你们打住不打住？

国本　我们为什么要打住？

船户　你们不怕坐监牢？

国本　我们没有犯法，为什么要坐监牢！

　　　　［继续唱。

（独唱）大流河上造座桥吧！（合唱）用力砸呀！

　　　　一个人的力量怎么够哟！　　用力砸呀！

　　　　大流河上造座桥吧！　　　　用力砸呀！

　　　　大家的力量才做得到哟！　　用力砸呀！

（合唱）来哟，大家来哟砸呀！

砸呀，砸呀，努力来吧！

哟哎嘿，哎嘿喉！

（独唱）大家一起来苦干！（合唱）努力，流汗！流汗，苦干！

（合唱）来哟，大家来哟砸呀！

砸呀，砸呀，努力来吧！

哟哎嘿，哎嘿喉！

[桥工们在国本领导之下，还是继续的歌唱着，工作着。船户气极了，大声骂着向回家的道上走去。

船户　小福！快把驴牵过来！我得到衙门里去告这些东西！好，我活到五十多岁，从来没有受过这种气！你们这些混帐东西！好吧，你们做下去吧，停一会儿你们就知道我的厉害了！

善文　老爷，为这点儿小事，您也犯不着这样生气，就是要去告他们，也无须您自己到衙门里去，只要派小福拿您一张片子去就行了。您请到棚里喝碗茶吧。

船户　不，我得马上进城去！

善文　还是请您到棚里歇一会儿，我有几句话向您说。

老杜　大老爷，我有一句话向您说。

船户　什么事，老杜？

老杜　我三个月没有领工钱了！

善文　你这个老混蛋！这会儿是你要工钱的时候吗？

[王善文一手将老杜推倒在地，然后领着船户往棚里走去。桥工们轻轻的继续着歌唱，但以不妨碍老杜夫妇的对话为原则。

老杜　他妈的，欠了我三个月的工钱还要揍人！

[老杜的妻子上。此后老杜夫妇对话，桥工们则以轻微节奏的"哩喉哎哈"之声烘托之。

杜妻　你怎么啦，我的老爷子？你领到了工钱吗？

老杜　你瞧我这个样儿是像领到了工钱的吗？

杜妻　要是今天还领不到工钱，那我们全家子都要饿死了！小狗子已经三天没有起床了，二顺子也是饿得哭哭啼啼的！

老杜　老天爷！这叫我又有什么法子呢？

杜妻　听说东家老爷来了，你不会去找他吗？

老杜　东家老爷，我刚才已经见到了，他那个凶样儿吓得我不敢向他再开口了！

杜妻　在这儿卖力气还要挨饿，那么你为什么不到别的地方去找点儿活做呢？

老杜　这年头儿，找别的活做？哼！

杜妻　他们这儿不是在造桥？你不会向他们找点儿活做吗？

老杜　得了吧，向他们找活做？衙门里就要来人逮他们！他们一会儿就要"散摊子"了！

杜妻　衙门里为什么要逮他们呢？——修桥铺路不都是好事吗？

老杜　谁说不是好事？可是我们东家老爷一定要逮他们到衙门里去！

杜妻　你们东家为什么一定要抓他们呢？

老杜　这还不明白吗？桥要造成了，我们东家还能够在这儿设渡吗？

　　　〔王善文从棚里出来，手里拿着五块钱。

善文　老杜，你不是要工钱吗？

老杜　大爷，您能可怜我，把工钱借给我吗？

杜妻　您要是再不借给他工钱，我们全家子都要饿死了！

善文　我现在就给你五块钱。东家老爷说，你在这渡上年代太久了，你的工钱无论如何是不能欠的。

　　　〔善文将五块钱交给老杜。

老杜　谢谢您，大爷！东家老爷待我这样好，我真不知道要怎样报答他！

杜妻　人家都说东家老爷待人苛，看起来他老人家真是一位活菩萨呢。

善文　老杜，现在东家老爷要见所有的船夫，要发给他们工钱，你去告诉小李、赵三、吴毛、沈八，叫他们都到棚里来。说东家老爷要发给他们工钱了！

**老杜** 真要发给他们工钱吗？——好，我就去叫他们。

**善文** 我在棚里候着他们。

〔王善文进棚里去。

**杜妻** 你说大爷和东家老爷不发工钱，这不是工钱就很容易的到手了吗？

**老杜** 咳，我也觉得有点儿怪。大爷对我们向来是很凶的，可是刚才的样儿，你瞧，是多么和气啊！

**杜妻** 待人总是和气点儿好。你把五块钱给我吧，我要回去了，小狗子、二顺子都在家里等着我买吃的呢。

**老杜** 你拿四块去吧，留一块我带着。

**杜妻** 好吧。

〔老杜交四块钱给妻，妻下。

**善文** （在棚内）老杜！叫小李吴毛他们都快进来呀！东家老爷要发工钱了！

**老杜** 我们就来了，大爷。（转向河下呼喊）小李，赵三，吴毛，沈八，你们都快上来吧，东家老爷要发给我们工钱了！（河下有人回声）你们快来呀！

〔老杜带着笑容走进棚里去。小李、赵三、吴毛、沈八都由河下上来，往棚里走去。造桥的群众在国木领导之下，还在工作着，歌唱着，同时听见棚里船户大声说："你们知道现在是谁养活着你们吗？"众船夫的回声是："是东家老爷养活着我们！"船户又继续着问："要是他们的桥造成了，你们还有饭吃吗？"众船夫回声是："他们的桥造成了，我们就要饿死了！"此时棚内与棚外的两支声音对峙起来，但不和谐，而最后造桥的群众越工作越起劲，越唱歌越雄壮，幕则随着他们的声与力的节奏而闭。

## 第二幕

**景**

与第一幕同。将近黎明。天边挂着一轮残月，几点晨星。夜色与曙光交织着，混合着，暗示着黑暗渐去，黎明就在眼前。是夜与晨的过渡时候。

桥的基础已大致立定了。桥工们还在露天下酣睡着，近的鼾声和水声，远的鸡声和犬声，很有节奏的呼应着。船夫老杜，很不安宁的由河里摸索到岸上来，仿佛要偷窃什么。当他走近一个桥桩，正要爬上架子的时候，国本忽然醒来，咳了一声，老杜连忙住了手，往后退，一直退到坡下去。国本似乎有所发觉，问了一声："谁呀？"即起来点了马灯，往桥桩各处视察，结果一无所见，仅把桥工甲惊醒起来了。

工甲　谁呀？

国本　我呀。

工甲　是张先生吗？

国本　是的。

工甲　我以为是……原来是您……倒吓了我一跳！

国本　我刚才仿佛听见脚步声。

工甲　脚步声？是像昨晚一样的声音吗？

国本　是的。不过等我起来，点着灯，就连个影儿也没有了。

工甲　不要是闹鬼吧？这儿的鬼多着啦！您知道在这河里死了多少人？

**国本** 老王，你不要信他们的话，他们是瞎说些鬼话来吓唬人的。世界上根本就没有鬼！

**工甲** 张先生，您一向在城里，您不知道这河边的故事，除了在这渡上翻了船淹死的人不算，去年就有好些人在这河里投河死了。一个是小龙的媳妇，她跟她婆婆怄气，心眼一狭，就在这儿投河死了。还有王家庄的王老七，也是在这儿投河死的，他是为了一家大小七口都被土匪绑去了！最惨的是李家渡的李二家里，全家子大大小小一共十一口，因为年头不好，衙门里又要逼他们的捐税，把他们逼得无路可走，只好全家在这儿投河死了！您想这些人死了都还不变成冤魂怨鬼吗？我疑心我们这架子上的绳子都是鬼割断的，您信不，张先生？

**国本** 没有的事！一定是人干的。我已经好几夜没有睡好了。我得侦察出来，看看究竟谁在这儿和我们捣乱！

**工甲** 只要不是鬼捣乱！

**国本** 我倒不怕鬼捣乱！

**工甲** 您真不怕鬼吗，张先生？

**国本** 人为什么要怕鬼？我根本不信有鬼！

**工甲** 那么您什么都不怕？

**国本** 我倒怕一种怪物！

**工甲** 怪物？什么怪物？

**国本** 我所说的怪物就是人！

**工甲** 人？

**国本** 对了，人！最怕人与人捣乱！他们捣起乱来真可怕，一直要捣到世界末日！

**工乙** （梦呓）小虎子，我求你，求你不要逼我！我家里剩下的只有半升小米了！

**工甲** 这个家伙又在说梦话！

国本　他怎么每晚都说梦话？

工甲　咱们这里头要算他胆最小。

工乙　（还是梦话）他妈的！要是这个老东西真到衙门里去告咱们了，咱们不是要坐监牢吗？我可怕坐监牢！三个孩子，一个老母亲！

工甲　这还是梦话。这个家伙真怕坐监牢！他在白天常对我说，他怕这渡上的船东家把他逮到衙门里去！

国本　我早就向大家宣布过，不要怕，要是衙门里真派人逮咱们，我自然有法子对付。

工甲　船东家那个老东西，究竟到衙门里去告咱们了没有？

国本　他已经在衙门里告了，不过听说衙门里还没有理他，所以他更着急。

工乙　（还是梦话）不好了！不好了！衙门里来人了！来逮咱们了！喔——喔——喔——

　　　〔这时桥工甲忙跑到乙身边，将乙压在胸口的手移开。

工甲　小二！小二！醒来吧。你一定是在做梦。喔，难怪，你的手压了胸口！醒了吗？

国本　他一定是做了个噩梦。

工乙　唔——唔——唔——醒了！醒了，我醒了。好怕人，好怕人！

国本　醒了吗，小二？

工乙　醒了，醒了。好怕人！

工甲　你梦见些什么呀，小二？

工乙　我梦见的东西太多了，太奇怪了！太可怕了！这会儿也说不清了。仿佛先是梦见咱们这里闹水灾了，好大的水呀，把咱们的人、房子、牲口，一齐都冲走了！不知怎么的，忽然，又梦见许多土匪来劫咱们！把咱们村里劫得个精光！土匪刚一走，咱们的大老爷就坐着轿子，带着大队的人马，有的扛着机关枪，有的拿着铁链子，到这儿来逮咱们，咱们都不肯去，他们就开了一排枪，"噼里啪啦"的乱放一阵，哎呀！好怕……怕人呀！

国本　小二，我准知道，我准知道明晚会做这样的一个梦：咱们的桥
　　　已经造成了，有许多许多的男男女女、老老少少，担着担子，推
　　　着车儿，一队一队的，手牵着手儿，从这桥上经过，四乡的民众，
　　　成千上万的，都聚集在这桥头上，欢呼，鼓舞，歌唱，看着我们
　　　的国旗在天空飘扬！

工乙　我能做这样的一个梦吗，张先生？

国本　小二，不但你可以做这样的一个好梦，其实我们大家都在做这
　　　个梦。这个梦中的一切，不久都要实现了！你说不是吗，老王？

工甲　是的，张先生。天快亮了吧？

国本　还有一会儿呢。

工乙　我还想睡。上半夜简直睡不着，心里老是惦着今晚要出什么事
　　　情似的！后半夜好容易睡着了，可是又做些怕人的梦！这会儿还
　　　困呢。他们（指其他的桥工）倒睡得香呢。你听他们的鼾声！

工甲　对了，他们倒睡得好。我们再睡会儿吧。快要天亮了。鸡
　　　叫了！

国本　好吧。倒有一点儿困了。灭了灯吗？

工甲　捻小一点儿得了，反正有月亮。

国本　可是西边起了一阵乌云。

　　　［国本熄了马灯，在原地睡下。这时沉静极了，只有桥工们
　　　的鼾声。东方虽已微微的吐露着蛋白色，然而还抵不住残殁
　　　的星月光芒。片刻，王善文轻悄的从棚里走出，向河下招手，
　　　老杜又慢慢的由坡下爬了上来，善文向老杜身边说了几句话，
　　　然后掏出一把雪亮的尖刀交给他，他又退缩到坡下去了。善
　　　文仍退入棚内，将棚门紧紧的闭住了。

　　　片刻，老杜又从坡下上来，后面跟着船夫小李、赵三、吴毛、
　　　沈八……他们都光着膀子，缠着腰带，拿着家伙，仿佛有点

儿像旧戏台上的打手。他们轻悄地，摸索地，走到桥架边，老杜先爬上架的最高处，掏出尖刀来将所有的紧要关结割断。忽被国本警觉了，他大叫一声："谁呀？"老杜等立即止息。国本忙起来捻亮了马灯，又大叫："一起都起来！"众桥工都被惊醒起来。老杜伏在架上不敢动，小李等想逃，然而都被桥工们截住了。于是两方开始决斗，决斗至数个回合不分胜负；最后，桥架哗啦一声塌了，老杜从架顶坠入河下，众人才停止决斗。此时一部分桥工跑到坡下去探视，一部分截住船夫们的逃路。杜的头颅已碎，众大惊。此时王善文已乘机逃去。

**工丙** 摔下去的原来是这渡上的船夫老杜！

**国本** 哎呀！赶紧……赶紧把他抬到城里医院里去吧！

**工乙** 不行了，他的脑浆都摔出来了！早已没气儿了！

**国本** 已经死了吗？

**工丙** 这个家伙还不该死吗？我们这些日子在白天扎的架子，晚上就被捣毁了，原来是他们干的呀！这些家伙（指其余的船夫）都该死！不要放他们走！我今天非揍死他们不可！

　　[此时天色已明。小李等都想乘机逃入棚内，口里不住的在喊："大爷，大爷！"然而棚里却没有回声。他们又想退往坡下，没有料到桥工甲乙等早已截住了他们的去路。

**工甲** 你们想逃走？没有这么容易的事！站住！

**国本** 不必再向他们凶了。问他们，问他们为什么要捣毁咱们的建设工作？谁叫你们来的？说！

**工丙** 对了，你们为什么要和我们捣乱？是谁叫你们来的？说！你们要是不老实说出来，我今天非打断你们的骨头不可！说！

　　[这时年纪较轻的小李急了，放声哭了。

**小李** 好！现在闯出来祸了，我们的大爷倒关起门来不管了！我们得找他去！（向赵三等）来，我们进棚里去！

　　〔小李发狂似的将芦席制成的棚门踢开，闯了进去，然而他们的善文大爷早已不见了。

小李　呀！呀！怎么？我们的大爷逃走了？

　　〔众哑然。此时天已大亮，国本将马灯吹熄了，走到坡阶上，向着老船夫的尸首很凄惨的说了一声："可怜的牺牲者！"

——幕闭——


# 第三幕

景

　　同前。幕未启，即听见一老妇啼哭，这当然是老杜的妻子哭老杜。幕开，她的哭声更清晰，凄惨。她的哭词不外"我的天呀！你死得真冤枉呀！丢了我们娘儿三个怎样过活呀！"几句，来回颠倒的说着。

　　桥工们都很疏散的坐在桥桩上、桥架上或地下，只有桥工甲还拿着家伙在那里工作。

　　船夫小李、赵三、吴毛、沈八……垂头丧气的坐在坡阶上。巡警拿着警棍在岸上踱来踱去。有几个渡客正要过渡。


善文　你们是过渡的吗？下坡去，先到船上等着！

渡客　就开吗？

善文　一会儿就开。先交八大枚！

渡客　不是四大枚吗？

善文　早就涨价了！

　　〔渡客交了铜元往坡下走去。

巡警　难怪这位老太太哭得这样伤心，这老船夫死得真够惨的了！

**善文** 巡警先生，您不能把老杜的妻子撵走吗？——她整天整夜的在这儿哭哭啼啼的，真叫人讨厌！

**巡警** 倒是叫人伤心，听着她哭，我都想哭了！

**善文** 请您把她撵走吧！

**巡警** 其实要她走，也很容易，只要你们渡上替她的当家的买一口棺材，再不然的话，赏给她几块钱也行，反正是做好事。你们渡上为什么不赏给她点儿钱呢？——免得她在这儿哭哭啼啼的，听着叫人怪伤心的！

**善文** 渡上决不能出这笔冤枉钱！老杜完全是他自己找死的！

**巡警** 老杜怎么死的，现在不必管了，反正人已经死了。再说，要是不赶紧把他埋了，这样热的天气，恐怕咱们在这儿也要耽不住了。

**善文** 我说巡警先生，这些事情用不着您管，您应该尽您的责任，您瞧他们！

　　［原来那些桥工们乘巡警没有注意，偷偷地开始工作了。

**巡警** 嘿！你们怎么又工作起来了？不是叫你们歇着吗？（走过去将桥工甲拉了过来，指着贴在桥架上的一张布告）你瞧，这张布告上不是说得很清楚吗——叫你们在这案子未解决以前，不准你们动工，你知道吗？

**工丙** 老杜又不是我们打死的，为什么要我们停工？难道你们不知道造桥筑路是好事吗？

**巡警** 哈，你们不要以为我们当巡警的都是饭桶，其实谁不知道造桥筑路是好事？不过这会儿这里闯出乱子来了，我们不能不来维持秩序。

**工丙** 您既然知道造桥筑路是好事，那么为什么不让我们动工呢？

**巡警** 并不是不准你们动工，是说在这件案子没有解决以前，叫你们暂时停工，这告上不是说得很清楚吗？你们这边的张国本先生和他们渡上的东家胡大老爷，现在都在衙门里。这件案子不久就可以依法解决了。

工甲　听说衙门里把张先生押起来了，真的吗？

巡警　这我可说不清。不过我知道张先生和胡大老爷现在都还在衙门里。

工甲　您知道这件案子什么时候可以了吗？

巡警　这个我也说不清。总快吧，只要老杜不是你们打死的。

工乙　大哥，要是张先生真被衙门里押起来了，那么这座桥不是造不成了吗？

工丙　小二，你不用着急，大家都用不着着急，衙门里决不能把张先生押起来。他没有犯法，他同我们做的都是好事！

工乙　大哥，你不知道胡大老爷在衙门里很有势力吗？

工丙　这个不要紧。衙门里也得讲理。胡大老爷的势力虽然大，但是我们全县的人民不会联合起来跟他拼吗？我们不会到衙门里去请愿吗？

工乙　巡警先生既不准我们动工，张先生又还在衙门里，那么我们暂时散了好不好？

工丙　这可千万干不得！我们大家都应该耽在这儿等张先生回来。你们不记得张先生吩咐我们的话吗？他不是叫我们团结吗？他不是叫我们苦干吗？要是我们大家散了，这座桥还能造成功吗？

工乙　要是张先生老不回来呢？

工丙　那我们也不应该散！我们更应该死守在这里，造成这座桥！张先生也许今天能回来。

工乙　可是这样整天的歇着，我们实在受不了。

工丙　要是大家闷得慌的话，你可以领着大家唱个秧歌、山歌，或者讲个故事什么的。

工乙　唱山歌，讲故事我都不会，还是请您来吧，大哥！

工丙　好，我们都到那边去坐下。

　　　　［桥工们都聚集到一块儿，坐在地下。桥工丙站在他们中间似乎在演说，似乎在说笑话。杜妻的哭声继续着。船上送来一阵嘈杂之声，并有人在坡下大声喊道："喂！怎么还不开船呀？再不开船我们就要退钱了哇！"片刻，一个渡客由坡下跑上来。

渡客　喂！掌柜的，你们怎么还不下去开船呀？大伙儿在船上都等急啦！

善文　你先下去，船一会儿就开！

渡客　要是再不开，我们就要退钱了！

善文　一会儿准开，你下去等着吧！

　　　　［渡客又往坡下走去。

善文　巡警先生，您不能叫他们先把船撑过去吗？有这么些人在船上等着过渡！

巡警　我早就劝过他们了，叫他们先开船，一切都等胡大老爷来了再说。他们不听，那我有什么办法儿呢！

善文　您不能强迫他们开船吗？

巡警　这个我可办不到，先生！因为我没有奉到强迫他们开船的命令。

善文　那么请你再劝劝他们吧，这样僵下去，于他们并没有什么好处！

巡警　这倒可以的。我说，大哥们！请你们先把这次渡船撑过去，再来谈你们的条件好不好？

小李　巡警先生，我们的要求早就向您提过，实在很简单：只要渡上给老杜买口棺材，再给他家里三十块钱，什么事情都可以了了！

善文　老杜又不是我们打死的，为什么要渡上替他买棺材？

小李　老杜不是你们打死的？哼！天知道！天知道老杜是怎么死的呀！

巡警　那么你们现在不愿意做这项活了？

小李　太叫人寒心了！

巡警　那么你们现在耽在这儿干什么？

小李　我们现在只等着船东家胡大爷来。只求他说一句良心话！

　　　〔此时杜妻哭哭啼啼的由坡下走了上来，手中拿着一个藤编的化募盘子，头上披着一块白布。

善文　巡警，巡警！她又来麻烦了！请您快点儿拦住她，叫她快下去！

巡警　先生，这个我也办不到，因为我没有奉到阻止她的命令。

善文　命令，命令！你们当巡警的只知道命令！恐怕你们上厕所也得奉到命令吧？

巡警　请您不要生气，先生！对于这位可怜的老太太，我实在不忍加以非法的干涉！

小李　杜老嫂子，您化募了多少钱了？

杜妻　都在这盘里，总有二三百个铜子了。都是那些渡客善人们做的好事。可是要买棺材还差得远呢！

小李　杜老嫂子！我们都是穷人，我们都愿意帮助你。杜老哥死得太惨了！

　　　〔从小李开始，大家多寡不一的向杜妻盘子里扔铜元，巡警也解囊相助。杜妻跪下向大家叩谢。

杜妻　多谢诸位哥儿们，善人！

巡警　（向善文）你呢，先生？

善文　我没有钱！

巡警　这是做好事，您随便捐几个吧？

善文　难道你要强迫我捐钱吗？

巡警　不能，不能！这个决不能！谁也不能强迫人捐钱，不是吗？

杜妻　大爷，请您做点儿好事吧！我的当家的是你们叫他……

善文　放屁！是我们叫他……是我们叫他怎么的，呀？巡警先生，请
　　您快把她撵下去，她不能在这儿胡说八道的！

巡警　你们渡上给她几块钱，不早就完事了吗？

善文　我说巡警先生，你知不知道你的职务？

巡警　我怎么不知道？

善文　你是我们渡上向衙门里请求来维持秩序的，你知道吗？

巡警　我怎么不知道——可是我不能凭空的把人家撵走。

　　　〔船户胡大爷上，巡警举手致敬，船夫、桥工们都站了起来。

善文　好，现在我们东家老爷来了。

船户　什么事？

　　　〔杜妻忽然走近船东家跪下叩头。

船户　她就是……

善文　她就是老杜的妻子。

船户　哦，你就是老杜的妻子吗？你为什么在这儿哭哭啼啼的？

巡警　胡大老爷问你，你说吧。你照直告诉胡大老爷！

杜妻　我的当家的死得太可怜了，现在还没有棺材，求东家大老爷赏
　　给他一口棺材。我给您磕头！

船户　这个可不行啊，你的当家的是他们造桥的打死的，为什么要我
　　给他买棺材呢？

杜妻　求您做好事，大老爷，东家老爷！

船户　好事我倒常做，可是我不能做这样毫无名义的好事。你可以找
　　他们去呀！你的男人是他们打死的！

工丙　胡大老爷！您不能这样说，老杜不是我们打死的，他是自己从
　　桥架上摔下来——掉到河里摔死的！

杜妻　大老爷，人已经死了，不管他是怎么死的，求您做好事吧！可
　　怜他在您这渡上耽了十九年。我再给您磕头！

船户　（指桥工丙问）你是什么人？我说话谁叫你插嘴？

善文　他是这儿的桥工，是他们的工头儿。他就是张国本的走狗！

船户　哦，原来你就是张国本的走狗！

工丙　胡大爷，您不能骂人！

善文　他们都是张国本的走狗！

船户　骂人？我没有把你们押起来就算好。现在张国本已经被我押在
　　　衙门里了！

工甲　胡大爷，我们张先生真被您押在衙门里了吗？

船户　不把他押了起来，你们不知胡大爷的厉害！现在你们全给我
　　　滚！马上把这些架子拆下去！把这些木桩拔出来！不然的话，我
　　　要把你们都押到衙门里去！

工乙　胡大爷，请你开恩！千万不要送我到衙门里去，我最怕……

工丙　闭住你的嘴！

工乙　我……我实在怕坐监牢！我不愿意干了！

工丙　不准你开口！

善文　你们听见了没有？我早就叫你们"散摊子"，你们不信，现在你
　　　们总该信了吧？

工丙　现在我们还不信！就是张先生不回来，我们也不散！我们一定
　　　要把这座桥造成功！

船户　你们滚不滚？

工丙　我们没有犯法，为什么要滚？

船户　你们不听我的命令，就是犯法！

工丙　你不是皇帝！

船户　我就是你们的皇帝！

工丙　皇帝？哈，我们无论怎么愚蠢，也还知道现在是中华民国！

善文　这个东西真可恶！

船户　巡警！替我把这个东西捆起来！这还了得，简直没有王法了！

巡警　是的，胡大老爷。可是——你（指工丙）少说几句不行？

**船户** 巡警！快把这东西捆起来，简直翻天了！

**巡警** 胡大老爷！他们都是小人，不会说话，您啦是大人，还在乎这个吗？——请您饶了他这次吧？

**船户** 不行，不行！这个东西太可恶了！要是不严办他一下，我姓胡的还能在地面上做人吗？

**巡警** 胡大老爷，不瞒您说，我可——

**善文** 又是没有奉到捆绑他的命令，对不对？

**巡警** 哈哈，先生，您真是个明白人！

**善文** 巡警这个家伙也可恶！他老是向着他们。我们叫他干点儿什么，他老是用没有奉到命令来推诿！

**船户** 那么，巡警，你就算奉到我的命令还不行吗？

**巡警** 行也行，可是还差一点儿，胡大老爷。

**船户** 那么？你要谁的命令？

**巡警** 自然是我们长官的命令。

**船户** 你知不知道我在地面上比你们的长官的权力还要大？你们长官不得我的许可，就到不了任！

**巡警** 这个我们也知道，可是胡大老爷，这张布告上只叫他们停工，并没有叫我逮人。

**船户** 好！你不听我的命令？

**工丙** 这个老家伙真可恶！咱们干吗不揍他？

**巡警** 你们少开口！你们要是胡闹，我可真要把你们逮到衙门里去了！

**善文** 老爷，这个巡警太可恶了，我想还是请您到衙门里去另调两个来吧。

**船户** 好！我马上就去。这个巡警太可恶了！我一定叫衙门里开除他！我要走了。小福！把驴牵过来！

**巡警** 胡大老爷，不是我太可恶，实在是您太"那个"了！

船户 我怎么了？可恶东西！

　　　[船户说完即欲走，但杜妻跪在路口拦住他的去路。

杜妻 大老爷！老东家！请您别走！

船户 干吗别走呀？

杜妻 可怜我吧！老杜在您这渡上工作了十几年！

船户 好，看你哭得怪可怜的，我这儿赏你一块钱。

　　　[船户掏出一块钱扔在杜妻的盘里。

杜妻 一块钱可买不到棺材！还求大老爷多赏几块吧，我再给您
　　磕头！

船户 你这个女人真够麻烦的了！

　　　[船户拂袖而去，杜妻情急，以手扯住他的衣服。

杜妻 大老爷呀！老东家呀！

船户 你妈的！拉拉扯扯的成何体统！

　　　[船户盛怒之下，一脚将杜妻踢倒，杜妻"哎哟"一声，晕
　　倒在地。船户正要走去，不料小李、吴赵三、沈八等早已拦
　　住了他的去路。

小李 您不能这样走，胡大爷！

船户 你们要干什么？

小李 我们要揍你！

船户 哎呀！你们这些狗东西，你们好大的狗胆！你们是不是疯
　　了呀？

　　　[小李的气焰如狂，吓得船户往后退了几步。此时国本与巡
　　长同上。他们后头跟着两个武装巡警。巡警甲向巡长行礼。
　　国本向桥工们打招呼。

桥工 张先生，您回来了！

国本 回来了。你们辛苦了！我在衙门里耽了两天。

船户 巡长，你来得正是时候。这小子疯了！你赶紧把他关到疯人院

里去吧！这些人都在这儿无法无天呢！他，他，连你们派来的这个巡警也在内——他一点儿也不听我的调动——请你一起把他们逮到衙门里去！哎呀？你们怎么把张国本这小子放出来了？

小李　好！把我们关到衙门里去？好吧，把我们都关到衙门里去吧！

巡长　你有话慢慢的说，不必这样着急！

船户　疯了，他是疯子！不然他没有这么大的狗胆！

小李　疯了？看看谁疯了！别人不知道老杜怎么死的，难道我们船夫们还不知道吗？——你这个没有良心的人！你先叫我们跟他们造桥的捣乱，叫我们半夜里起来捣毁他们的工作；现在闯出祸来了，你倒不管了！你还要把我们关到衙门里去？好吧，把我们都关到衙门里去吧！

船户　这，这小子简直是疯了！这简直是疯人说疯话！巡长，巡长，你赶快把他的嘴封起来！

小李　巡长！您可以问问他们大家，看看我说的有没有半句是疯话！

吴毛　小李说的句句都是真话！

赵三　他因为恨他们在这儿造桥，所以叫我们出来捣乱！

沈八　他说他给我们好处，可是现在闯出祸来了，他倒不管了！

小李　他把老杜害死了，我们只求他给老杜买口棺材，好！他不但不肯，反把老杜的妻子一脚踢晕过去了！这，这，这都是大家亲眼瞧见的呀！

巡长　哪位是老杜的妻子？就是这位躺在地下的老太太吗？

巡警　是的。恐怕已经不行了吧？怎么不说话了？

　　　　[巡长将杜妻的身体翻过来，把着她的脉。

巡长　哼！一点儿热气儿也没有了！早就死了嘚！

小李　呀？死了吗？

巡长　可不是吗？

　　　　[小李和其他的船夫走到杜妻的尸身边。

小李　杜老嫂子！杜老嫂子！你也去了吗？好惨呀！您俩死得好惨呀！我们一定给您俩报仇！

　　　　［全体沉默。船户想逃脱，巡长用手将他止住。

国本　可怜的牺牲者！

巡长　老杜的尸首还停在坡下吗？来，你们两个人（指船夫）来，把她的尸首也抬到坡下去。一会儿衙门里就派人来验尸！

　　　　［两个船夫将杜妻尸首抬往坡下，片刻复上。

小李　我现在要替老杜夫妇报仇！我要揍死他妈的老混蛋！

群众　揍死他！揍死他！咱们一齐动手！

船户　巡长！你得维持秩序，保护治安！

　　　　［小李冲上前去，朝着胡船户的胸口击了一拳，船户几乎倒地，群众乃一拥而上将他团团的围住，七手八脚地夺取他的小帽，折断他的烟袋，撕毁他的衣服，竟把一位无人不知无人不怕的"大老爷"，打得个狼狈不堪！

船户　哎呀！哎呀！……反……反天了呀！反天了呀……这个世界简直变了！简直变了！善……善文！善文！

小李　对了，还有那个家伙，咱们非揍死他妈的不可！

群众　对！非揍死他不可！

善文　诸位！这些事情都不能怪我！一切都是他叫我干的，这与我不相干，诸……诸位请饶了我吧！

群众　不行！咱们非揍死他妈的走狗不可！

　　　　［群众又一拥而上，拳打脚踢地把善文痛揍一顿，善文狂叫"唉哟"不止。

巡长　慢点儿，诸位！诸位慢点儿！诸位！诸位！（群众不理，巡长乃转向张国本）张先生！张先生！他们这个样儿可不是办法呀！要是这样下去，事情可就闹大了呀！

小李　闹大了就闹大了！要是不除掉他妈的这个祸害，咱们这一辈子还有翻身的日子吗？

国本　诸位请听我说！（群众都住了手）胡船户和王善文的种种罪恶，衙门里早已知道了，今天巡长同我到这儿来，就是来抓他们到衙门里去治罪的！

工甲　这个老东西很有钱，他的神通又广大，万一衙门里受了他的贿赂把他放走了怎么办？

巡长　这诸位请放心，无论他怎么有钱，怎么神通广大，像他这样罪大恶极，剥削民众，压迫民众的人，要是把他放走了，衙门里怎么对得起民众？

小李　您不是这样说得好听吧？

国本　巡长说的话诸位尽管放心，衙门里一定对得住我们的，这两天我在衙门里把这件案子报告得清清楚楚了，现在衙门里已经决定要重重的办胡船户和王善文，假使衙门里不打算办他，怎么会把我放出来呢？而且，要是衙门里还向着他，难道我们大家不会……

小李　张先生，您知道衙门里怎样办这个老东西吗？

巡长　这诸位更请放心。俗话说得好，"杀人的偿命，欠债的还钱"，这件案子应该怎么办，我想诸位都可以想得到的！不过我现在可以向大家宣布的是：第一，这儿的过渡取消，这渡上所有的财产充公造桥；（众鼓掌）第二，衙门里对于大家造桥的这种工作，非常赞许，今后不但要提倡保护，并且还要出来领导，一定要使它成功！（众又鼓掌）我这儿带来了一张布告，大家瞧了便知道一切了！

　　　[两个武装巡警将布告贴在桥架上，群众都围观，鼓掌，欢呼。

小李　可是巡长先生，难道老杜和杜老嫂子就这样白死了吗？

巡长　当然不能让他们白死，明天衙门里就要审判这件案子，一定会对得起死者和大家，我刚才已经说过，"杀人的偿命，欠债的还钱", 这是天经地义的! 可是审判这件案子的时候, 诸位都得到衙门里去做证人!

小李　好, 我去!

群众　我们大家都去!

巡长　胡大老爷, 现在你什么也不必说了! 我这儿有两张拘票请你瞧瞧!

　　　[此时胡船户脸色发青, 几乎话都说不出来了, 王善文口中只是说"冤枉冤枉", 两个武装巡警用法绳将他们绑住。

巡长　请吧! 请吧! 诸位再见!

船户　(一面走一面嘟哝着) 这个世界简直变了! 这个世界简直变了! ……

　　　[巡长和武装巡警押着胡船户、王善文下, 群众一阵热烈的欢呼鼓掌。

国本　好了, 现在过渡已经取消了, 我们大家应该一团和气地来创造, 来造成这座桥!

桥工　对! 来造成这座桥!

　　　[此时船夫们、渡客们、小贩, 都团团将张国本围住。

小李　张先生, 我们几个人现在都明白过来了, 您能允许我们加入一块儿造桥吗? 我们宁可不要工钱!

小贩　张先生, 我也可以吗?

巡警　我也可以加入造桥吗, 张先生?

国本　这真好极了! 我们都热烈的欢迎你们加入! 我早就说过, 造成这座桥, 是大家的责任! 多一个人, 就多一分力量。人越多, 力量越大! 这座桥就好比"中国国魂", 可以代表我们中华民族的精神! 小李、赵三、吴毛、沈八, 来, 来, 大家一齐来, 一齐来工作, 一齐来苦干, 一齐来流汗! 先打定这个伟大的基础, 一切新兴事业都从这上面生!

〔众一面工作（打夯），一面与观众同唱《过渡歌》，声势较
前更为浩大、雄壮。唱毕闭幕。

（合唱）我就来哟，大家来哟砸呀！

砸呀，砸呀，努力来吧！

哟哎嘿，哎嘿喉！

（独唱）大家同心协力，

你扛木头我挖泥！

（合唱）来哟，大家来哟砸呀！

砸呀，砸呀，努力来吧！

哟哎嘿，哎嘿喉！

（独唱）大流河上造座桥吧！　（合唱）用力砸呀！

河东的粮食河西吃哟！　　　用力砸！

大流河上造座桥吧！　　　　用力砸呀！

河西的布来河东穿哟！　　　用力砸！

（独唱）河东的牛儿耕河西，

河西的车儿过河东！

（合唱）来哟，大家来哟砸呀！

砸呀，砸呀，努力来吧！

哟哎嘿，哎嘿喉！

（独唱）大流河上造座桥吧！　（合唱）用力砸呀！

河东的老师教河西哟！　　　用力砸！

大流河上造座桥吧！　　　　用力砸呀！

河西的学生到河东哟！　　　用力砸！

（合唱）来哟，大家来哟砸呀！

砸呀，砸呀，努力来吧！

哟哎嘿，哎嘿喉！

（独唱）河东的姑娘爱河西，

河西的汉子爱河东！

（合唱）来哟，大家来哟砸呀！

砸呀，砸呀，努力来吧！

哟哎嘿，哎嘿喉！

（独唱）大流河上造座桥吧！（合唱）用力砸呀！

一个人的力量怎么够哟！　　用力砸！

大流河上造座桥吧！　　用力砸呀！

大家的力量才做得到哟！　　用力砸！

（合唱）来哟，大家来哟砸呀！

砸呀，砸呀，努力来吧！

哟哎嘿，哎嘿喉！

（独唱）大家一起来苦干！（合唱）努力，流汗！流汗，苦干！

**（全剧完）**

二十四年十月初稿，十二月试演于定县后修正。

# 一 片 爱 国 心

## （三幕剧）

## 第一幕

**布 景**

    唐公馆的大客厅。陈设精致，但带日本风味。国籍日本而嫁给中国人的唐夫人，完全日本装束，年约五旬，坐在沙发椅上做针线。唐亚男，她的女儿，也是日本装束，年约十六，坐在一旁看报。田妈——女仆——正在打扫桌椅。

亚　男　妈，您歇一会儿罢！您不是说您的眼睛不很舒服么？

唐夫人　恐怕不能赶上你的生日，倘若现在还不发狠做几针！

亚　男　赶不上亦不要紧，反正那天我可以穿中国衣服。穿日本衣服多么费神。这里的裁缝又不会做，件件要您啦自己动手。倒不如咱们以后穿中国衣服痛快些。

唐夫人　我愿意做给你穿，只要你乖乖的听话。反正我闲着。

亚　男　您啦真是每天忙到晚——不是忙这，便是忙那——还说闲着？照我看妈妈要算家里最忙的一个人。您瞧，哪件事少得妈妈？

慢说别的，只要妈妈一天不下厨房去，他们不是打破碗，便是不按时候开饭。前天张家妈妈也是这样说，说妈妈虽是五十多岁了，却比二十来岁的人还要精敏能干。我看这话很对，妈妈！

唐夫人　还说什么"精敏能干"。老了，已经老了，一年不如一年了。可是现在总算享福了。你们兄妹总算长成了，你的哥哥也做了督办。现在用不着愁吃愁穿。回想三十年前，你爸爸在东京碰见我的时候，那是多么苦啊！

亚　男　妈妈，常听到您谈及三十年前爸爸和妈妈的故事，现在倒要问问爸爸究竟怎样碰到妈妈的？——您可以告诉我么，妈妈？

唐夫人　这话说起来可长。那时候你的爸爸才二十来岁，是革命党。因为逃亡到日本，在东京进了大学，恰巧碰着与我同班。不久我们做了极亲密的朋友。我们交换教授——他教我中文，我教他日文，虽然你的舅太爷非常反对——因为他看不起中国人——不到两年，我与你爸爸就结婚了。嗳呀！结婚后，可是过了不少的苦日子！现在想起来，还是心酸！

亚　男　呀！怎样呢？

唐夫人　可怜你的爸爸几乎几次把命送掉！最危险的是你出世的那年，你的爸爸因为革命被中国政府捉住了，不到二十四小时就要拿去枪毙；幸亏你的舅太爷，费尽了心血，好容易才把他救出来！不然，孩子，哪有今天！

亚　男　如此说来，妈妈岂不是爸爸的救命恩人？

唐夫人　哼！说什么救命恩人！只要他少给一点气我受就得了！现在他的年纪大了，比不得从前年轻，那时我说一，他不敢二；我说二，他不敢三；真是听话。现在可不成了，动不动就使脾气，我的话简直是他的耳边风。

亚　男　妈妈，请您别冤枉爸爸罢。从前的事情我们不知道，现在的情形我们是很明白的。爸爸真是听妈妈的话。有时，妈妈，您脾气来了，骂起爸爸来真是可怕！可怜爸爸哪敢开口？

唐夫人　好了！好了！你们兄妹现在都袒护你们的爸爸了，所以把我的话不当话了！

亚　男　这是哪里话，妈妈！您啦是妈妈，他啦是爸爸，我们做儿女的哪有什么袒护不袒护？哈哈！妈妈这多年纪，说起话来较十八岁的姑娘还要好胜！这真要笑坏人了！还说我们袒护爸爸，哈……哈……哈……哈……

　　　　［唐夫人的儿子少亭上。年约二十五，当今政府特派之实业督办。衣西服。

少　亭　妹妹，你又和妈妈闹什么？妈妈，您又在替妹妹作衣服么？

唐夫人　你妹妹的生日快到了，我想替她赶起这件衣服来过生日。

少　亭　妈妈真是偏心。这样疼姑娘，不疼儿子。我过生日的时候，偏偏没有妈妈这样疼我——替我做件新衣服！这——这不是偏心么，妈妈？

唐夫人　孩子，这并不是妈妈偏心。妈妈只能做日本衣服。你是向来不喜欢穿日本衣服的。这怎能怪妈妈偏心？

少　亭　对了！对了！这可不能怪妈妈！

亚　男　不对！不对！因为哥哥用不着妈妈做！有别人做呢！

少　亭　好了！好了！用不着争了！妈妈特别疼你，我决不眼红。我要上衙门去了。（转向田妈）田妈，叫他们预备车！

田　妈　着！少爷！

　　　　［田妈下。

唐夫人　今天不是星期六么？

少　亭　对。

唐夫人　那么就在家里歇歇罢。

少　亭　不。这几天衙门里正忙。既然领了国家的薪俸，我们当然应该替国家出力作事。

〔田妈上。

田　妈　少爷！车已经预备好了。

少　亭　妈妈，我去了。

唐夫人　去罢。可是一定要回来吃午饭。今早我已经吩咐厨子清炖了
　　　　一只老鸭，为你们父子三人吃午饭。你的爸爸这两天有点喉咙痛。
　　　　鸭子是清火的，看看吃了会好点不。

少　亭　怎么不请大夫来瞧瞧？

亚　男　爸爸说不要紧，用不着。

唐夫人　从前他做总长的时候，不管有病无病，动不动不是往西山跑，
　　　　便是进医院去。如今真正有了病，他又不肯请大夫。现在听说外
　　　　面的时症很厉害，你爸爸的喉咙痛，我实在不放心。等会儿还是
　　　　打个电话给谢子福郎大夫，叫他来瞧瞧。

少　亭　这次外面排日风潮非常厉害。我想找个德国大夫来！

唐夫人　德国大夫？

少　亭　听说德国大夫比日本大夫好，妈妈不赞成德国大夫么？

亚　男　咱们中国人干吗不找中国大夫？

唐夫人　中国大夫也好，德国大夫也好，随你们的便罢。我老了，管
　　　　不着这些闲事。你上衙门去罢。务必回来吃午饭。听见没，孩子！

少　亭　一定。（转询田妈）外面在下雨么？

田　妈　很大的雨，少爷。

　　　　〔唐少亭下。

唐夫人　又在下雨？几个月来差不多每天不是下雨，便是刮风。喂！
　　　　田妈，你赶快上门口去瞧瞧，看看管门的把国旗收进来了没有？
　　　　他是糊里糊涂的，不管天晴下雨，总是把面旗子扯在外面。你赶
　　　　快去瞧瞧罢。

田　妈　着，太太。

　　　　〔田妈下。

109

唐夫人　中国真是一个多风多雨的国家，我们日本却不是这样；并且天然的风景，也比这里美丽。

亚　男　往年哪像这样多雨？今年特别罢了。但是像北京这样厚的沙土，也应该多雨才好。外面这么大的雨，可是我还要上学去呢！

唐夫人　今天不是放假么？

亚　男　是。但是学校里有特别事。

唐夫人　有什么了不得的事，像这样大雨天还要跑去？

亚　男　请妈妈别管什么事！让我去就得了！

唐夫人　你既不怕雨，你就去罢。早去早回。千万回来吃午饭。

亚　男　我先去换衣服。

唐夫人　换衣服？换什么衣服？

亚　男　换套中国衣服去。

唐夫人　为什么要换中国衣服？身上穿的衣服不舒服么？你讨厌日本衣服么？你的妈妈是日本人，你讨厌么？

亚　男　啊！妈妈？您为什么又生气呢？（扭到母亲怀里）妈妈请您别生气，好不好？

唐夫人　看看今天谁敢上学去！

亚　男　我是主席，怎能不去，妈妈？

唐夫人　你是主席？你们学校里又开什么会？

亚　男　辩论会……辩论会。让……让我去罢，妈妈！

唐夫人　不准换衣服去！

亚　男　这哪成呢，妈妈！您想，她们是为"抵制日货"开会，我这个做主席的穿一身的日本衣服，这是一场大笑话吗？妈妈，您从前也做过学生的，请替女儿设身处地的想想！

唐夫人　孩子！我的良心叫我不准你去开会抵制日货！这是我的责任！也是我的权利！

亚　男　（哭）妈啊，妈啊！开会的时候快到了，再不去要迟了！（又
　　　　倒在母亲怀里）妈妈！让……让我去罢！

唐夫人　好宝贝！听话罢，不要去。时候已不早了。外面又下这么大
　　　　的雨。午饭也快好了。乖乖，听话罢。妈妈欢喜你！

亚　男　人家要骂我！我非去不可！

唐夫人　骂你什么，宝贝？

亚　男　骂我是卖国奴！

唐夫人　别管人家的谩骂，反正她们是没有家教的！好孩子！去，到
　　　　我房里去把那卷蓝线拿来，妈妈等着用呢。（亚男一面擦眼泪，一
　　　　面欲下，唐夫人忽然止之）回来。

唐夫人　还是让我自己去罢，免得你又去乱翻一顿，结果还是寻不着
　　　　我要的那卷线。

　　　　　[唐夫人下，亚男凝思半晌。拭干了眼泪。下了决断。看了
　　　　　表。由帽架上取了一柄伞。毅然走到门口。忽止，看了看自
　　　　　己的衣服。摆了摆头，将伞置回原处，长叹一声，倒在沙发
　　　　　上，抱头咽泣。此时亚男的学友周芝芳女士上。

周女士　你怎么啦，亚男！

亚　男　（急忙擦干了眼泪）我……我没什么，你刚来么，芝芳？

周女士　怎么一个人坐在这儿哭？

亚　男　哭？谁哭？

周女士　你别骗我罢。我已瞧见了。我特来约你去开会的。时候已经
　　　　快到了，你还不赶快去换衣服？难道今天你还好意思穿着日本衣
　　　　服去做主席么？

亚　男　要去，当然要换中国衣服。不过我现在不能去。你来得真巧，
　　　　我正想打电话给你。

周女士　为什么？

亚　男　因为我陡然肚子痛起来了，痛得我忍不住哭了！好姐姐，请

你代我做主席罢。对不住，我实在不能去。

周女士 （冷笑）哈哈。亚男，你又在骗我！我决不相信你现在是肚子痛不能去，我想你一定有别的缘故。哈哈，亚男，我已猜中了，已猜到八九分了！

亚　男 好姐姐，不管我有什么缘故，总之，我今天不能去！请你替我代表一切就得了。并望向诸位同学道歉！

周女士 不成！不成！今天的主席我决不能代表！无论如何，非你自己出马不可！今天这主席不但我不能代表，就是谁也不能代表！

亚　男 为什么？

周女士 因为全校同学只有你配做这个主席！

亚　男 好姐姐，请别挖苦我罢！

周女士 这是真话。我挖苦你干吗？你还是同我一块儿去罢！

　　　　〔周女士说毕，拉着亚男就往外走。

亚　男 芝芳姐姐，无论如何，我是不能去的，因为我妈——

周女士 哦？是你妈不准你去么？

亚　男 不是！不是！我妈从来没有过这种意思！

周女士 亚男，你去不去全权在乎你自己，谁也不能勉强你！不过你应该知道她们今天为什么一定要你做主席？你知道么？

亚　男 我……我不知道！难道她们还有什么特别用意么？

周女士 当然。

亚　男 好姐姐！你可以告诉我么？

周女士 你向来是很聪明的，我想你一定想得到！

　　　　〔亚男一闻此言，面红耳热，默然良久。

亚　男 好姐姐，你是我的多年同学，惟有你知道我的家庭情形最深，请你照直把同学们对于我不满意的地方告诉我罢！

周女士 她们今天要特别留难你！因为全校同学只有你是日本化！她们预备在开会的时候当众羞辱你！

亚　男　芝芳姐！请别说了！我早就明白了她们对我的态度！无奈，唉，真是一言难尽！（哭泣）然而我决不怪她们！只怪我自己生坏了家庭！

周女士　其实你的苦处我早就知道了！不过，亚男，咱们中学已经毕业了，咱们千万不可忘记，治国平天下应该先从"齐家"起！倘想世界革命，不可不先从家庭革命下手！你说我这话对不对，亚男？

　　　　［唐夫人上。

唐夫人　我以为谁在这儿讲演呢，原来是周小姐啊！

周女士　（向唐夫人鞠躬）伯母，您啦好么？

唐夫人　谢谢，周小姐，你也好么？——怎么这向没见你来玩玩？

周女士　因为这几天有点事，没有常来请安。

唐夫人　不敢当，不敢当。周小姐真是念书人，说话特别客气。

周女士　这是哪里话，侄女年轻，不懂事，诸事还要伯母指教。（看手表，转向亚男）亚男，我要走了。离开会只有二十分钟了。

亚　男　好罢。你快去罢。

周安士　（向唐夫人）少陪您啦，伯母，我要上学去了。

唐夫人　怎么不坐一会儿去？

周女士　改日再来请安。再会再会。

　　　　［周芝芳下。唐夫人仍坐在原处做活。沉静。

唐夫人　周家小姐又来干什么，亚男？你简直不听妈妈的话！我早就对你说过：周家小姐不是个好东西！叫你少跟她来往！你……你偏偏不听！刚才她又来干吗？是来约你去开会，对不对？

亚　男　不是。她特来告诉我明天学校放假。

唐夫人　明天明明是星期日，学校是照例放假的！显然你又在我面前撒谎！还站着干吗？还不快去看看你的爸爸——问问他的喉咙好了没？

113

[亚男下。唐夫人继续做活。远远的听着吵闹声。

田　妈 （在内）我们……我们把这话去评评太太！看看谁不懂事！评太太去！评太太去！看看谁不懂事！

[唐夫人正欲下时，田妈气忿的上。

唐夫人 你……你又在和谁吵？呀！

田　妈 太太！凭您啦说说！看看谁不懂事！他……他还说我不懂事！真是岂有此理！岂有此理！

唐夫人 干吗这么急？有话慢慢的说！究竟怎么一回事？

田　妈 我说太太！您不是叫方顺每天把那面"太阳旗"扯在门口吗？

唐夫人 对呀！难道方顺没照着我吩咐的干吗？

田　妈 哼！他何曾把太太的话当着话！他今天只扯了那面"五颜六色"的旗。待我去的时候，那旗还在大雨里淋着。当时我就责问他为什么不把那面"太阳旗"同时扯出去！您猜他说什么？他说："你管得着吗？你是什么臭东西！这年头还扯日本旗？你甘心做亡国奴么？……"这一类的话痛骂了我一大顿，您看我气不气，太太？固然他扯什么颜色的旗都无关紧要，可是他应该把太太的话当话才对！

唐夫人 岂有此理！我不信方顺有这大的狗胆！去！把他叫来！让我来当面责问他！

田　妈 他现在躲在门口不敢进来。只要太太唤他一声，他不敢不来。

唐夫人 （向内呼）方顺！方顺！你还不替我滚进来！呀？

[方顺上。

方　顺 太太！

唐夫人 方顺！你好大的胆！

方　顺 回太太的话，小的胆子非常小，总是规规矩矩的侍奉太太；太太说一，小的不敢说二。

114

唐夫人　你把我的话当了话吗？

方　顺　俗语说得好："端了人家的碗，应该服人家管。"小的既是吃了太太的饭，当然不敢不听太太的话。

唐夫人　那么我叫你每早把那面日本国旗扯在门口，你为什么不照我的话行？

方　顺　这确不能怪小的。小的一面把旗刚扯出去，一面老爷就命我收进来。

唐夫人　这话是真的么？

方　顺　小的岂敢撒谎！

唐夫人　好大胆！好大胆！原来是他！原来他在暗中抵制我！去！田妈！到书房里把那老东西叫来！今天非说个"水落石出"不可！

田　妈　把哪一个老东西叫出来，太太？

唐夫人　这家里有几个老东西，蠢婆娘？

方　顺　叫你去请老爷来，懂吗？

　　　　〔田妈下。

唐夫人　好大胆！好大胆！原来他在抵制我！我还睡在梦里呢！好罢！今天非闹个清楚不可！

方　顺　太太，请您啦不必气。千错万错都是小的错。平心而论，这事也不能怪老爷，只怪门口那些过路的人。他们时常在咱们门口写些"卖国贼，亡国奴，亲日走狗"种种不好听的话。这样，才把老爷惹气了，所以叫我此后不要扯日本旗。

唐夫人　你还在这里噜苏？还不替我滚出去！

方　顺　着！

　　　　〔方顺下。唐华亭上。亚男与田妈亦上。唐华亭，前清革命党，民国退职之总长。清瘦，蓄长须。富于情感；但意志薄弱而惧内。衣极朴素之中国衣，毫无一般时髦官僚惯有的习气。年约五十五。

唐夫人　我把你……你这个死没良心的东西！

唐华亭　太太！您又是为什么生气？

唐夫人　我早就知道你巴不得我早死！我死了，你就可以称心！也可以讨姨太太！你们中国人是欢喜讨姨太太的！好罢！拿刀来！我愿死！我已经预备了！你……你…… 你拿刀来罢！我……我已经预备了！

唐华亭　太太！这是哪里话！又是谁得罪了您？

唐夫人　用不着多说！拿刀来就得了！拿刀来就得了！我愿意死！我愿意死了！

亚　男　妈妈！

唐夫人　"妈妈"？——什么妈妈？你的妈妈早就死了！

唐华亭　就是我得罪了您，太太，请照直告诉我，也犯不着拿孩子出气！

唐夫人　孩子？他们不是我的！我哪有这种福气！

亚　男　（泣）妈妈！（倒在母亲怀里，但唐夫人用手推开）妈妈！妈妈！

唐夫人　你的妈妈早就死了！你只有爸爸！

唐华亭　倘是我得罪了您！打我几下！请千万别拿我的孩子出气！

唐夫人　你的孩子！你的孩子！这家里都是你的！都是你的！好没良心的东西！你没老娘，哪有今日？忘恩负义的！记不记得三十年前在东京做叫花子？记不记得光绪末年几乎把命送掉？好没良心的东西！狗尚且知恩义！哦！如今做了官，发了财，儿子少爷也做了督办，你就忘形了！就忘记了那块"太阳旗"！哼！殊不知你之所以有今天，都是亏了那块太阳旗！好一个忘恩负义的东西！

亚　男　啊！妈妈！请您别说了罢！我知道您为什么生气了！其实这事满不与爸爸相干！是我不准方顺扯日本旗！这事完全与爸爸不

116

相干！您要打，打我！您要骂，骂我！孩儿现在跪下，求您别冤枉爸爸！

　　　　［亚男跪下。唐夫人不睬。唐华亭大为所动，不觉流下泪来。

唐华亭　太太！太太！

唐夫人　田妈！把方顺叫来！快！

田　妈　着！

　　　　［田妈下。

亚　男　妈妈！

唐华亭　太太！孩子跪在您面前，您瞧见没？

　　　　［唐夫人仍是默然。唐华亭长叹一声。方顺与田妈上。

唐夫人　方顺！究竟谁不准你扯日本旗？照直说！

亚　男　是我！是我！妈妈！

方　顺　……

唐夫人　照直说！

方　顺　小姐。是小姐叫我的。这事不与老爷相干。

唐夫人　好！现在这家里没你的事了！你有什么好差事请便罢！

方　顺　呀？太太！您啦辞我的事么？

唐夫人　没多话说！请你拾打拾打走罢！

方　顺　我方顺并没干错什么事，太太怎能无缘无故的辞我的差事？无论如何，还要请太太说个明白！就是我不吃唐公馆里的饭，还要上别家去吃饭呢！人家谈起来，不是说我偷了唐公馆的东西，便是说我干事不尽职，所以唐公馆才不要我！

唐夫人　好罢。就为干事不尽职，所以我不要你！

方　顺　太太！凭天理良心，我干事还不尽职？从清早六点干到夜深一点，还要怎样尽职，太太？

唐夫人　那么我叫你每早扯旗，你为什么不照我的话行？

方　顺　这确不能怪小的，太太！

117

亚　男　只能怪我！只能怪我！妈妈！

唐华亭　这事谁也不能怪！只能怪我！只能怪我！是我叫方顺不扯日本旗！我是中国人，我爱中国！日本是中国的仇敌，我恨日本！所以我不愿把敌国的国旗扯在我的门口！

亚　男　爸爸！爸爸！

唐华亭　看看你把我怎样！看看你把我怎样！

唐夫人　我是日本人，我爱日本！中国是我的仇敌，我恨中国！所以我不愿把中国的国旗扯在我的门口！

亚　男　妈妈！妈妈！

唐夫人　看看你又把老娘怎样！

田　妈　太太！老爷！请您俩别吵了罢。其实并没有什么了不得的事——扯红旗白旗都无关紧要，何必这样的生气呢？可怜把小姐哭坏了！小姐，您啦起来，别哭了罢！

　　　　［田妈将亚男搀起来。

方　顺　田妈这话很对，小的现在想出一个办法来了，不知该说不该？小的以为最公平的办法是"二一添着五"——今天扯五色旗，明天就扯太阳旗，不知太太老爷以为小的这个办法如何？

　　　　［唐少亭上。

少　亭　怎么你们全在这儿，连舅爷坐在小客厅里你们都不知道么？妈妈，请赶快过去罢。舅舅说有要紧的事跟您商量呢。

唐夫人　舅舅在什么地方！

少　亭　小客厅里。

唐夫人　（指着华亭脸上说）你应该放明白点！拿点天良出来！你还记不记得三十年前，一个秋天的月夜里，在日本秋水湖里的小舟上，你曾对我说的什么话？难道你都忘记了么？

　　　　［唐夫人说毕，不觉流下泪来，良久，默然而退。方顺、田妈亦随退。唐华亭亦禁不住流下泪来，向沙发上一躺。

少　亭　这是怎么一回事，妹妹？

亚　男　问爸爸！

少　亭　爹爹，妈妈刚才这话怎讲？您又和妈妈吵了么！妈妈刚才为什么提及三十年前的事？爹爹究竟说了什么，在哪时候？

唐华亭　不忍重提！到如今我只有一个悔字在心头！

少　亭　为什么，爸爸？告诉我们罢，爸爸！

唐华亭　告诉你们亦无妨。当年我亡命到日本，遇着你的妈妈。那时我们都年轻，不久就发生了恋爱。一天夜晚，月亮很好，我们俩荡着一只小舟在秋水湖上。那时，我不知为什么要求你妈妈嫁我；但是她说："我爱你，但是我不愿嫁你。因为我是日本人，我不愿离开我的可爱的日本。"

亚　男　那时爸爸怎样回答妈妈呢？

唐华亭　那时我就向你妈妈说："你爱我，你就应该嫁我；爱国是人之天性，而且是至上的美德，你是日本人，当然爱日本。可是你嫁了我，你还是可以依旧爱你的日本。"

亚　男　哦？难怪妈妈到现在还是爱她的日本！

　　　［唐华亭摆摆头，长叹一声，幕落。


# 第二幕


布　景

　　与第一幕同。时间与前幕相隔三小时。开幕时，少亭靠在沙发上看报，亚男从里面出来，表示一种惊异的状态。


亚　男　哥哥！怎么舅舅还没走？足足的关在小客厅里谈了三点钟！

少　亭　这里面又不知道是"什么葫芦卖的什么药"！我真要说一句

遭天雷打的话，妈妈真是越老越糊涂了！

亚　男　什么越老越糊涂了，其实妈妈的心是被那面太阳旗罩住了！

少　亭　因此舅舅便时常想法利用她！

亚　男　唉！妈妈真是想不透！她有时简直不管她有理没理，只要她的脾气一来，她就将爸爸教训一顿，甚至比教训我们还要厉害！今天上午那种样子你没看见，真是令人害怕！

少　亭　前几年妈妈的脾气好像好得多，不知为什么年纪愈老，脾气愈变坏了！常听人说日本妇女的"服从心"最深，怎么妈妈在这方面简直不像日本人？

亚　男　我看这是爸爸过于老实的缘故。爸爸真是好！你瞧，我们长得这么大，从来没见他和妈妈闹过。差不多每次都是妈妈先动气！爸爸总是忍，有时一个人坐在书房里流泪。我看见好几次。可是我问他为什么伤心，他老人家并不提及半个怨恨妈妈的字，总是对我说："孩子，为父这一辈子是亏得你的母亲，不然哪有今天！盼望你们好好的孝顺母亲吧！"然而天理良心，妈妈对于爸爸的起居饮食等事，确是非常细心周到。就是在我们子女身上，也不能不算一个很好的母亲。

少　亭　这的确是妈妈的长处。

　　　　　〔唐夫人上。

唐夫人　哪点是妈妈的长处？哦！原来你们兄妹又在谈论妈妈的长短？

少　亭　没。我们哪敢谈论妈妈的长短！哈，哈，哈，哈！舅舅走了么，妈妈？

唐夫人　刚走。

亚　男　怎么他今天在这儿坐这么久？有什么要紧的事情和妈妈商量么？

唐夫人　倒没什么特别要紧的事情，不过他从公使馆里回来走咱们门口过，顺便进来和我谈谈。你们讨厌他么？

亚　男　　不瞒妈妈说，我是有点讨厌他。我讨厌他不大方，总是鬼鬼祟祟的！

唐夫人　　呀！亚男！你说什么？

少　亭　　妈妈，请您别听妹妹的话罢。妹妹是专门喜欢和舅舅开玩笑的。

唐夫人　　开玩笑？——开玩笑也应该有个轻重上下！你们既当着我的面敢这样放肆，那么背着我不知要说什么了？

亚　男　　请妈妈别生气。我下次决不敢了。妈妈打我几下都不要紧，我最怕您生气。

唐夫人　　你既怕我生气，你为什么偏要惹我生气呢？

少　亭　　妈妈，我有一个办法，倘若妹妹再惹您生气，最好替她配个人家，免得她在家里淘气！

亚　男　　哥哥！

少　亭　　你还淘不淘气？你再淘气，我就请妈妈把你嫁出去。

亚　男　　妈妈！您看哥哥又在奚落我，您还不打他，妈妈？

唐夫人　　谁教你惹我生气？

少　亭　　对！谁教你惹妈妈生气？

亚　男　　我再不惹妈妈生气了，请妈妈再不准哥哥说这些不三不四的话，好吗，妈妈？

唐夫人　　只要你听话，哥哥自然不敢说了。你们都吃了午饭么？

亚　男　　吃了。

唐夫人　　你爸爸也吃了么？其实我刚才和他吵了一顿，事后仔细一想，我又觉得心里有点不安，因为他这几天正在喉咙痛。清炖鸭端出来给他吃了么？

亚　男　　没有，因为妈妈在小客厅里和舅舅谈话，我们不敢进来惊扰您。

唐夫人　这事用不着惊扰我，只要鸭子炖透了，叫厨子端出来给他吃就得了。都是些蠢东西！连芝麻大的一点事，也要我亲自过眼，不然就要闹出错了。哼！真是冤枉！今早特特叫厨子清炖一只鸭给你爸爸吃，谁知你们还忘了拿出来，我真是白白的操了心！（略停）叫你通知大夫呢？

少　亭　大夫刚才来过了。据说无妨。

唐夫人　是谢子福郎么？

少　亭　不。白耳德，一个新从德国来的大夫。

唐夫人　（默然不语，半晌）亚男，爸爸呢？

亚　男　在书房里。

唐夫人　你去问问他——看看他这会儿喉咙怎样了？问问他想不想喝一点鸭汤？

亚　男　他正靠在躺椅上休息呢。

唐夫人　你又不听我的话了！

少　亭　妈妈叫你去，你就去罢！别闹得妈妈又生气！

　　　　〔亚男下。

唐夫人　看起来还是你听我的话，孩子。你妹妹现在也大了，我的话她不很听了，如今我只指望你。这几天衙门里忙么？

少　亭　这几天比较忙一点，平常却很清闲。我现在干的实业督办，这个差事看来好像很繁琐似的，其实却很清闲。

唐夫人　当时谋这个缺分的时候，很费了些周折。因为有人嫌你太年轻。据说现在做官，你没本事倒不要紧，但是不可没有几根胡髭。——后来虽然碍着你爸爸的面子，政府不能不给你这个差事，可是假如没有你的舅舅在里面疏通，恐怕也很难成功。

少　亭　当然舅舅为我的事，很出力的。他近来很忙么？

唐夫人　唉，孩子，你的舅舅近来岂止忙，这几天可怜他急得连饭也吃不下了！

少　亭　舅舅为什么这样的着急？

唐夫人　倘这次闹得不好，日本政府恐怕要撤他的差，命他回国。

少　亭　要撤差回国？

唐夫人　对！他刚才就是为这事和我商量。而且，孩子，这事只有你
　　　　能救他！你不愿救他么，孩子？

少　亭　当然愿意，只要我能够！

唐夫人　那好极了！这里现在一张"契约"，只要你用实业督办的名
　　　　义签个字，你舅舅的公使职就稳固了；同时我们也可以即刻收入
　　　　三百万现款！

　　　　　[唐夫人一面说，一面由袋内掏出一张"契约"示少亭，少
　　　　亭阅后大惊。

少　亭　妈妈，我怎能干这种事情！

唐夫人　这有什么不能干？只要你签个字，就救了你舅舅的急，安了
　　　　你妈妈的心，同时又不费力的收入三百万，这种一举数得的交易，
　　　　何乐而不为呢？

少　亭　妈妈！

唐夫人　孩子！

少　亭　无论如何，我是不能签的！

唐夫人　孩子，我看这事于你只有百益而无一损，何必不干呢？我
　　　　看，孩子，你不要太迂罢！为人总要见机生变！

少　亭　妈妈！我签个字倒是容易事，可是四万万同胞就因此被我卖
　　　　了！妈妈，您愿意人家骂我卖国贼么？妈妈，你老人家愿意么？

唐夫人　唉，孩子，你又傻起来了！卖同胞，卖国，岂是你一个人独
　　　　创的？何况这件事并不算卖国。——万一就算卖国，你也不过沿
　　　　例罢了！

少　亭　不成！不成！我们唐家素以"清廉"见称于世，我的祖父从
　　　　前也是做官，爸爸更用不着说了——为国奔走呼号，三十多年。

他们都是洁身自好，清廉闻世，难道到我手上，就要卖国卖民么？

唐夫人 "清廉"固然要紧，但是"有恩不报"，也不见得就对。为人总不可忘本！你须知道，咱们之所以有今天，亏得是谁？你的爸爸几次亡命脱险，亏得是谁？孩子，你应该放明白点，仔细想想，就是你不替你舅舅着想，你也应该着父母面上看，签了这张"契约"！孩子，妈妈也老了，就请你看在妈妈面上，签个字罢？我做母亲的无论怎样糊涂，决不会让你上当，孩子！

少　亭 妈妈！请不要再说了！无论如何，我是不签字的！不签！不签！——到死亦不能签！

唐夫人 哦！原来你想逼死我，对吗？哦！原来你们父子三人都愿我早死，对吗？好罢！你们既然逼我死，我又何苦活着做你们的"眼中钉"呢！

　　　　[唐夫人即气忿忿的向少亭怀中乱撞。

唐夫人 你不签字，是表明你心目中就没有我这个老娘，我还有什么指望活着？

少　亭 请妈妈不必性急！容我再细细的思索一下，好不好，妈妈？

　　　　[方顺上。

方　顺 太太！舅太爷请您听电话！

唐夫人 用不着思索！签也罢，不签也罢，反正老娘命一条！

　　　　[唐夫人与方顺先后下。少亭在室中如热锅上的蚂蚁一般，坐立不安。忽长叹，忽顿脚。后细视契约，凝思片刻，决定了最后的判断。正在签字时，唐亚男上，立于少亭背后探视，大惊，即将契约抓在手中，半晌不能开口。

亚　男 哥哥！

少　亭 ……

亚　男 这是怎么一回事？

少　亭 这……这……妹妹？（泣）

124

〔唐华亭上。

亚　男　爸爸！您看哥哥……

〔亚男将契约递给华亭，看过之后，不禁大惊。少亭倒在沙
发椅上呜呜哭泣。

唐华亭　少亭！你是怎么一回事呀？为父辛辛苦苦的将你教养成人，
指望你趁此山河破碎的时候，为国为民干点轰轰烈烈的事业。谁
知你做官不到一年，就私自把矿山卖给外人，假使你做了二十年
的官，你岂不要把中国断送完了吗？好没出息的东西！为父白白
的把你教养成人了！你的祖父以清廉闻世。我虽没多大的出息，
然而三十年来，为国奔走呼号，几次亡命海外，为的是什么？——
殊不知到了你手上，竟干出这种污辱门楣的事来，唉，真是一代
不如一代！

亚　男　假如不是作同胞情分上看，我恨不得把你吃掉！

少　亭　爸……爸爸！……这……这实在是黑……黑天的冤……冤枉
呀！爸……爸爸！

亚　男　冤枉？这有什么冤枉？我亲眼看见你签字的！

少　亭　妹妹！妹妹！难道你也不信任我么，妹妹？

唐华亭　亚男！拿盒洋火来！

〔正要烧契约时，唐夫人与田妈同上。唐华亭急忙将契约藏
入袋中，唐夫人一把抓住他的长须。

唐夫人　你……你交不交给我！你交不交给我！

唐华亭　嗳哟！嗳哟！

唐夫人　交不交给我！你？你？

亚　男　妈妈！

唐华亭　痛……痛死我了！太……太太！

亚　男　妈妈！请您松手罢！

唐夫人　松手？——谈何容易！除非他乖乖的把契约交给我！

125

唐华亭　就是你今天把我的胡须完全拉掉了，我也不能给你！

田　妈　老爷，您啦就把那张纸交给太太罢！究竟是什么珍珠宝贝，您啦看得这样贵重？给了太太，也不好死外人！有什么好处，还不是落在自己家里吗？太太，您啦也请放手罢！您看老爷脸上已经发白了，太太！

亚　男　爸爸！您就把契约交给妈妈罢！

唐夫人　交不交给我！交不交给我！

　　　〔亚男帮忙华亭从袋内取出契约交给唐夫人。

亚　男　妈妈！现在您还要什么！您还要什么！

　　　〔唐夫人松了手，将契约细看了放入袋中，冷笑。唐华亭脸色灰白，呼吸极紧。

唐夫人　田妈！叫方顺替我预备车到日本公使馆！

田　妈　您啦吃了饭再去罢，厨子说清炖鸭早已好了！（田妈的眼睛只是不住的望着亚男与华亭）

唐夫人　叫你去告诉方顺预备车！听见没有！

田　妈　着！

　　　〔田妈下。沉静。唐夫人下。唐华亭靠于沙发上。亚男与少亭彼此呆望着。

亚　男　不成，这契约决不能让她带走！

　　　〔亚男急下。少亭踌躇片刻，亦下。此时后台人声嘈杂。再片刻，只听得哗啷一声玻璃坠地声。田妈惊慌失措的上。

田　妈　老……老爷！老爷！不好了！真正不好了！小姐和太太打架！玻璃……窗窗……玻璃把太太的眼珠打破了！眼睛珠……太太的……伤了……伤了！

唐华亭　呀？这还了得！太太的眼珠撞坏了？抬到医院里去！赶快！赶快！医院里去！

　　　〔唐华亭、田妈同下。片刻，亚男上，滑倒在地，鬓发蓬乱，形状狼狈，双目发直无光，深呼吸；一边将契约撕碎，掷入空中，一边自言自语的说道："好了！现在好了！妈妈再也不能将这契约拿去了！"说毕，大笑一声。幕落。

# 第三幕

**时　间**

与第二幕相隔月余。

**布　景**

亚男的寝室。由窗内可以看见花园里的树木花草。小圆桌上放着一瓶鲜花。风琴旁边的书架上放着几个小玻璃药水瓶。横窗是床，对壁悬着一面小小的五色国旗。亚男，穿着一件中国布袍，两目似闭非闭，鬓发纷乱，半坐半卧于床。窗帘半垂，一线斜阳射在她的灰白的脸上。开幕时，田妈轻轻的引着周芝芳女士上。

**周女士**　怎么——这会儿睡着了么？

**田　妈**　大概刚睡着。让我唤醒她。

**周女士**　不必。让她睡一会儿。可怜一个月没见，就瘦成这种样子了。真是想不到。田妈，你们小姐究竟害的什么病？据说是神经病，对么？

**田　妈**　这病说起来奇怪，你说她害的疯病，有时她却非常清楚，与好人完全没有分别；你说她不是疯病呢，可是有时她又非常糊涂，一切行动说话都非常奇怪。

**周女士**　大夫怎说？

**田　妈**　请了许多大夫来瞧，他们都说不要紧。只要静心休养，渐渐的就会复原。说小姐受了什么很大的刺激，所以才有这种病。现在已经五十多天了，好虽好了点，可是有时还非常不清楚。

**周女士** 可怜可怜！你们老爷现在好了么？

**田　妈** 老爷前天已经起床了，足足吐了三个礼拜的血。少爷也病了几天，但是现在好了。

**周女士** 真是可怜！怎么全家大大小小都弄成这样的不康健！真是可怜！太太呢？眼睛复原了么？

**田　妈** （望了望亚男，然后轻轻的说道）太太？可怜可怜！

**周女士** 怎么？

**田　妈** 眼睛……眼睛整个的瞎了！可怜可怜！

**周女士** 什么！瞎了？

**田　妈** 瞎了！两只全瞎了！据说是玻璃刺破了眼珠，所以大夫也没办法。可是我们不敢告诉小姐，恐怕加重她的病。唉！真是想不到太太这多年纪还会把双眼睛弄瞎了！这是谁也想不到的。

**周女士** 现在太太在什么地方？我想见见她。

**田　妈** 还在医院里。据说今天可以回来，我们少爷已经去接了。

**亚　男** 妈妈？妈妈呢？到日本去了么？

　　　　［此时亚男突然从床上跳下来。

**田　妈** 小姐！

**周女士** 亚男，你还认识我么？（亚男点点头）你认识我是谁呀？（亚男仍是点点头。周芝芳上前拉着亚男的手，但她只是两眼呆望着她）我是谁呀？亚男？

**亚　男** 妈妈？

**周女士** 呀？

**亚　男** 日本？

**周女士** 这可了不得了！怎么一个月不见，连我也不认识了？可怜一个好好的人怎么疯了！田妈，来，还是搀着她上床睡下罢！可怜可怜！

亚　男　不。我不要睡。一个多月，腰睡痛了！

周女士　奇怪。这句话却很清楚。可怜，亚男，你的腰睡痛了么？真是可怜！你认识我么，亚男？

　　　　〔亚男傻笑。

田　妈　小姐！怎么连周小姐也不认识了么？

亚　男　啊？你是芝芳姐姐么？

周女士　对！亚男！

亚　男　芝芳姐，你怎么这么久不来看我？人家都说我疯了，其实我何曾疯了？难道你也说我疯了么，芝芳姐！

周女士　不！亚男！我知道你不会疯的。我今天特来看你。同学们都很记念你。

亚　男　呀！你又在骗我！芝芳姐！她们最恨我，我知道！她们骂我日本化，骂我是亡国奴！呀！芝芳姐！这实在冤枉！我有我的苦处。她们不知道，芝芳姐，你是知道的。

周女士　亚男，我深知你的苦处。你是一个爱国的志士。

亚　男　芝芳姐！你错了！你错了！我是一个大大不孝的女儿！杀了我的妈妈！我！我！是我哗啷一声！我大大不孝！不孝！芝芳姐！

　　　　〔亚男说毕，伏在周女士肩膀上放声大哭。周女士与田妈慢慢扶着亚男上床睡下。

周女士　（轻轻的）嗳呀！田妈！你们小姐的病真是不轻呀！为什么不送她到医院里去呢？

田　妈　可不是吗？据大夫说，这病不宜于住医院。再者北平也没有好医院。

周女士　这话也对。家里有亲人看护，比在医院里称心得多。你们老爷精神好的时候，也常过来和小姐谈谈么？

田　妈　来。天天来，只要他自己精神好点。看来这家里最疼小姐的，要算我们老爷了！今天不知怎么，老爷到这会儿还没起来。不要又是病了罢？周小姐，请您啦在这儿坐一会儿，我想上前厅去，看看我们老爷起来了没。

周女士　田妈，你请便罢。我亦要走了。好让你们小姐静静的睡一会儿。现在好像睡着了。她醒来，请代告诉她，我明早再来看她。

田　妈　这就对不住了！连茶也没喝！

周女士　别客气，田妈！倘是太太今天回来了，请代我问好。

田　妈　一定说到！周小姐！

　　　　[两人谈着同下。静。亚男辗转数次，忽然起床，对镜呆立。换日本衣。大笑。说道："好了！好了！妈妈一定欢喜……欢喜我穿日本装！哈哈，哈哈！"又坐于沙发椅，先默然，继大怒。将日本衣脱下，掷于地，仍旧穿上中国服。照镜。笑。

亚　男　这才对了！这才对了！哈，哈，哈，哈！

　　　　[唐华亭上。

唐华亭　你为什么又爬起来，亚男？还是睡下罢！

亚　男　你把我的妈妈放到哪里去了？

唐华亭　亚男，妈妈快回了。你放明白点罢，亚男。

亚　男　我很明白。我很明白。你们以为我疯了，对吗？抢来了！我从妈妈手里抢来了！撕了！撕得粉碎了！哗啷一声！倒下来了！可怜妈妈的眼睛！这确不能怪我！这确不能怪我！（泣）

唐华亭　宝贝！别记着这些事罢！妈妈已经好了！一会儿就要回来了！

亚　男　赶快把妈妈交给我！交不交给我？交不交给我？

　　　　[亚男一边大哭大嚷，一边用力抓住华亭的长须在室内乱跑，正如唐夫人在第二幕所为。

唐华亭　呀！亚男！怎么你也拉住为父的胡须来了？快……快放手！快放手！为父痛得很！痛得很！

亚　男　交不交给我？交不交给我？

唐华亭　快放手罢，亚男！我……我痛极了！

亚　男　交不交给我？交不交给我？

　　　　〔田妈上。

田　妈　老爷小姐大喜！太太回公馆了！

唐华亭　快放手！快放手！妈妈回了！妈妈回了！接妈妈去！

　　　　〔唐少亭挽着唐夫人上。她的双眼全瞎。亚男一见，大惊，急忙松了华亭，躲在一旁，呆呆地望着唐夫人。

唐夫人　少亭，你爸爸在哪里？

唐华亭　在……在这……这儿！

　　　　〔唐氏夫妇携手。

唐夫人　华亭，我现在看不见你了。

唐华亭　秋子，这都是我的罪恶！你能原谅我么，秋子？太太？

唐夫人　华亭！这不能怪你！不能怪别人，只怪我自己不好。到现在我悔了，悔极了！悔当初不该和你吵吵闹闹！我悔极了！到现在！（泣）

唐华亭　秋子！秋子！我……我真对不住你。我想我们此后到海边或幽谷中去度此残年，最好不要问国家大事！孩子们也大了，他们兄妹都有了独立的能力。

唐夫人　我也是这样想。但是——我想回日本去！那里的风景好。你愿意送我去么？孩子们用不着去——虽然我舍不得他们！不！我要带他们去，因为他们是我的宝贝！

唐华亭　太太！我可以陪你去！但是让孩子们自由。因为他们有他们的前途。可怜亚男到现在还没有清楚，还是疯疯癫癫的。

唐夫人　怎么没见亚男。亚男在哪里？

唐华亭　亚男，快来见你妈妈！你天天记挂的妈妈现在回来了！来！放明白点才好。

唐夫人　亚男！宝贝！在哪里？来！来！到妈妈怀里来！

　　　　〔唐华亭扶着亚男到唐夫人怀里。亚男先只是默然望母，继则放声大哭。

唐夫人　宝贝！宝贝！

亚　男　妈……妈……妈妈！

唐夫人　宝贝！可怜的宝贝！别……别哭了罢！

亚　男　妈妈！妈妈！

唐夫人　宝贝！亚男！

亚　男　您的眼睛瞎了么，妈妈？

唐夫人　真瞎了！宝贝！

亚　男　是怎样瞎的，妈妈？

唐夫人　你别问了罢，宝贝！

亚　男　妈妈还能看见么？

唐夫人　不能。但是妈妈能摸让我摸摸，宝贝，你今天穿的什么衣服？（摸）中国衣服，对不对？

亚　男　对！对！对！中国衣服！中国衣服！妈妈的眼睛并没瞎！不错！是中国衣服！妈妈的眼睛并没瞎！哈，哈，哈，哈！

　　　　〔亚男一边说，一边在房内大笑大跳。

唐华亭　亚男！亚男！

唐夫人　亚男你真疯了么？可怜！可怜！宝贝！来，到妈妈怀里来！在哪里，宝贝？来，到妈妈怀里来！

　　　　〔唐夫人作拥抱状。幕落。

——全剧完——

# 甲 子 第 一 天

## （三幕悲剧）


**人　物**

时伯英——少年律师，年约三十五，号北皋，为人正直，激昂
　　　　慷慨。

其　妻——姚氏，旧式女子中深明大义而略受新式教育者，年约
　　　　三十，小名英英。

其　母——年约七十，吃长斋。

其　子——名桂儿，年约八岁。

何　妈——女仆。

王伯川——商会会长。

高老四——香烟制造厂工人。

张队长

兵七八人。

**地　址**

湖北

**时　代**

甲子年正月初一

## 第一幕

**布　景**

　　时伯英的客厅，一切陈设纯为中国式。靠中壁供有神座，颇有儒教及佛教的风味。台中置一红台布之四方桌。其余桌椅，可仿中等家庭惯例的摆布。右门经书房通寝室，有过道入厨房。左门经小院，引入普通进出门。开幕时，神前烛火荧荧，香烟弥漫，桂儿作爆竹戏。何妈正在摆放杯筷。全场显现年三十夜的庆祝气象。


何　妈　少爷，小心火星罢！（桂儿仍是放他的爆竹）少爷听见了吗？叫你不要放了。你要放，可以上院子里去；在这里等会儿闹得烧起来了，那可了不得！

桂　儿　烧着了，不关你的事！你管得着吗？你是什么东西！（依然玩弄）

何　妈　好！好！你现在不听我的话了，停会儿太太打你，我是不管的！

桂　儿　要你管？你是什么东西！你配吗？

何　妈　不要我管？记不记得昨天？

桂　儿　昨天，昨天是奶奶不在家！今天我可不怕了——妈妈打我，我有奶奶！我怕妈妈，妈妈又怕奶奶呢！要你，要你这东西？（还是照旧放爆竹）

何　妈　奶奶现在正在念佛，她老人家没空管你啦！

桂　儿　奶奶现在才不念佛啦！

何　妈　你听！这是什么声音？（远远地听见有低低的木鱼声）赶快不要在这里放吧，停会儿妈妈来了，定要打人的！

桂　儿　我知道妈妈这会儿不得来的，她正在厨房里忙酒席啦。哼！（作得意状）你怕我不知道吗？哼！我早就知道了，何妈坏！何妈坏！何妈真不是好东西！（把爆竹向着何妈身上放）

何　妈　哎哟！你再这样淘气不听话，我就要真去告诉太太了！

桂　儿　你去！你尽管去！我还怕吗？我今天还是八岁，明天就是九岁了！九岁的人还怕妈妈？

何　妈　你既是知道明天就大了一岁，你就应该做出大人的样子来才好呢！为什么还是这样淘气？

桂　儿　淘气是坏事吗？我爸爸说他在小的时候比我更淘气呢！（又把爆竹向着何妈身上放）

何　妈　我现在真要去告诉太太了！（何妈欲退，桂儿急忙拉住她的衣角）

桂　儿　好何妈，我再不敢放了！你不要去告诉妈妈好不好。倘若你把妈妈叫来了，下次无论我有什么好东西吃，我都不分给你吃了。你记不记得我昨天还给了你一颗花生吃？

何　妈　（不禁笑起来了，把桂儿抱在怀里）好少爷，只要你听话，我就不去告诉太太。我并不是不准你放爆竹，不过我不愿意你在这里放！倘若一下不小心，闹得烧起来了，你看怎样得了？

　　　　〔时夫人上。衣装朴素，性情温和。胸口系一围巾，表示正在厨房工作。手执一醋瓶。

时夫人　桂儿，你又在与何妈闹什么？她今晚是不能陪着你玩的，妈妈要她在厨下帮忙呢！（转向何妈）何妈，今天早晨我们忘记买醋啦，刚才我要用的时候才觉得。今天晚上没有醋不行。你现在赶快上隔壁杂货铺里去打点来吧。你想杂货铺里这会儿就封了财门么？

何　妈　哪有这么早就封财门的？刚刚才六点钟呢。

时夫人　那么你赶快去吧。我等着醋用。（将醋瓶及铜子交给何妈）

135

〔何妈下。时夫人将桂儿抱在怀里。

时夫人　宝贝，刚才你又与何妈闹些什么？下次别和她闹了，听见了没有？闹得妈妈发了气又要打人的，知道吗？乖乖的听妈妈的话！妈妈欢喜宝贝！

桂　儿　（作出要吸乳的状态）妈妈，我没与何妈闹啦。我常常听妈妈的话。妈……妈，我……我要吸奶啦……我要吸奶啦，妈妈！（揭开母亲的衣纽）

时夫人　吓！又胡闹了！这么大的孩子还要吸奶，害羞不？把今天一过，明天就是九岁了，九岁孩子吸奶，不是笑话吗？呀！真丑！你看张家的兄弟多乖！人家三岁就断了奶！

桂　儿　（天真烂漫）不！不！妈妈！我要，我要吸妈妈……（爬在母亲身上乱碰乱跳）

时夫人　这就笑坏人了，九岁的孩子还要吸奶。好，乖乖，妈妈喜欢你！（吻）妈妈喜欢宝贝，（吻）好了好了，宝贝，下去！下去！妈妈要到厨房去了！锅里还煮着鸭子啦。

桂　儿　（还依依不舍）不！不！妈妈！

时夫人　倘若你不听话，妈妈又要打人了。好宝贝，还是下去，妈妈欢喜你。

〔香烟厂工人高老四，身穿黑色短衣，神色仓皇的上。

高老四　恭喜！恭喜！时太太！恭喜您老发财！

时夫人　大家恭喜。你可是要见时先生么？

高老四　对。正是要见他。时先生在家么？

时夫人　在。（向桂儿）宝贝，去，赶快去请爸爸来，说有人要会他。

桂　儿　爸爸在里面写字啦。有人闹他，定要骂人的。我不去！我不去！

时夫人　不要紧。去。说妈妈叫你去喊的！

桂　儿　那么倘若爸爸骂我——我就骂妈妈！

时夫人 好。好。别麻烦了！快去吧！

　　　　〔桂儿下。

时夫人 你请坐。

高老四 您老别客气。您老这位大相公今年几岁了？

时夫人 明天就要算九岁了。

高老四 真是聪明极了。您老真是好福气。

时夫人 哪里说得上福气。这孩子真淘气。

高老四 听说小孩子要这样活泼才好，我亦有五个小子，可是非常
　　　　顽皮。

时夫人 （一边剪烛花，一边说）你有几位少爷？

高老四 大大小小共有五个。

时夫人 好福气，好福气，真是好福气。

高老四 什么福气！可怜养不活呀！

时夫人 好说。五位少爷都在念书吗？

高老四 阿弥陀佛！可怜都没有吃的，哪能有钱进学堂，时太太？

时夫人 那么他们现在干吗呢？

高老四 大的今年十七岁，在杂货铺里当徒弟。老二今年十五岁，在
　　　　鞋店里学生意。老三九岁，跟我在厂里做工。老四、老五都还小。
　　　　唉！像我们这种穷人，孩子多了实在累人！实在养不活！加之我
　　　　还有父母在堂！全家大小九口，仅仅靠着每月八块钱，哪能够？
　　　　唉！真是没办法！

时夫人 将来几位少爷长大成人就好了。那时候你就可以享福了。

　　　　〔桂儿上。

桂　儿 妈妈，爸爸就来。他只有两句文章没写完。

时夫人 （向桂儿点头示意）现在百物都贵，生活这样的高，可怜八块
　　　　钱哪能够活？唉，真是苦了我们这些穷人，如今这种世界。

高老四 现在多承时先生各方面竭力帮忙，要求厂里加点工资。像时

先生这样热心辅助的人，真是难得。

时夫人　这倒不见得。不过他自己从前境遇不佳的时候，也在一个纱厂里做过工。这是十六年前的事。那时他很苦，一天要做十二点钟，工钱每月只有五吊，好在当年的生活便宜，日子容易过。比如那时候的米吧，只卖四十五钱一升。现在呢？拿三百钱，还吃不到好米！真是贵了十几倍！

高老四　可不是吗？原来时先生自己亦在工厂里做过工的。我想他怎么这样清楚我们的苦处，原来他自己亦是做工出身！

时夫人　这是当然的。无论什么事，倘若自己没有亲身的经验，总有隔膜的。所以时先生自己前天也对我说，没有在厂里干过的，对于工人的实在情形，总是不能透彻的明了，对于他们的同情也是有限的。这是人与他人境遇不同的结果。

高老四　我想这话很对。譬如拿"过年"打比方罢，那些有钱的人，今天晚上全家大大小小都是欢天喜地吃团圆酒，作乐的作乐，唱戏的唱戏，打牌的打牌。可怜我们这些穷人，不但不快乐，简直较平常还要苦些。我这会儿在这里，可是家里还坐着好几个债主！我们大人苦苦倒不要紧，可怜两个最小的孩子，这两天简直在家哭个不休！

时夫人　为什么？

高老四　因为在街上看见人家的孩子玩灯，所以他们回来也闹着要买灯。

时夫人　（向桂儿）听见没有？人家的孩子想灯玩，玩不着。你有灯玩，还要淘气。你看人家的孩子多么可怜呵！多么听话呵！——你不是有两个灯吗？还有一个呢？

桂　儿　我有一个就够了，那一个在爸爸的书房里。我把这个送给他的孩子玩！

时夫人　呀，怎么说的？九岁的人一点规矩也不懂？应该这样说："送给他的少爷玩。"赶快送过去呀！这么大的人一点规矩不懂！

　　　　〔桂儿将手上的灯递给高老四。

高老四　这怎敢当！这实在不敢当！

时夫人　没要紧，请带回去给你的少爷玩吧。他自己还有一个呢。

高老四　这就谢谢太太和少爷。

时夫人　别客气，这是小事。

桂　儿　（跟着母亲说）这是小事！这是小事！不要客气。这才是。

时夫人　（一把抱住桂儿）这才是好宝贝，听话的好宝贝，这真是妈妈
　　　　欢喜的好心肝！

高老四　少爷真是聪明极了，将来长大成人了，一定是做大官的！

　　　　〔正说到"做大官"三字，时伯英上。时，衣装朴素，神色
　　　　活泼，蓄短须。

时伯英　做大官？谁做大官，老四？

高老四　我正说到你的少爷现在就这样的聪明伶俐，将来必有大发达，
　　　　必定做大官。你老真好福气。哈哈，时先生！

时伯英　我倒不希望他做大官，只希望他做一个有作有为的人，一个
　　　　有魄力、有决断、有主张的人，做一个好国民！因为我们中国现
　　　　在缺少的不是仅有道德的、有学问的人才；实在缺少有学问、道
　　　　德，而又有骨头的人！

高老四　对！对！您老的话很对！是缺少有骨头的人！

时夫人　（向桂儿）儿呵，你听见没有？你的爸爸盼望你做一个有骨头
　　　　的人。

时伯英　（向桂儿）你知道怎么叫有骨头的人？说呀，爸爸问你！

桂　儿　我知道，我……爸爸，知道……

时伯英　说！

桂　儿　铁做的人，这是有骨头的人！

时夫人　呀？又胡说起来了？那么我倒问你：怎么叫做没有骨头

139

的人？

桂　儿　我不知道！我不知道！没有骨头的人——是泥做的！不是不是，妈妈，我知道了，我知道了……是面粉做的！

时伯英　那么我倒问你，宝贝，你愿意做哪种人呢？——面粉做的？泥做的？还是铁做的？

桂　儿　我饿了！饿了！妈妈。

时夫人　你只记得吃！爸爸问你的话，听见吗？呀？

时伯英　回答我——你是愿意做铁人，还是面粉人，还是泥人？

桂　儿　面粉人！面粉人！可以吃的！可以吃的！——面粉人是可以吃的，爸爸！

时伯英　哈哈。你专门记着吃！好，你就（指夫人）引他去吃点点心罢！别让他在这儿闹，我与老四还有话说！

高老四　不要紧！不要紧！尽管让他在这儿玩玩！

时夫人　真是淘气！玩着的时候也不饿，独独问你正经话的时候你就要吃？去啦！看看你又吃得多少！

　　　　〔时夫人引着桂儿下。

时伯英　你又得了什么重要的消息吗？老四？

高老四　我这会特来告诉您老的就是，厂里的大班已经要求领事打电话给督军了，那督军用武力强迫我们上工。

时伯英　这种信息完全靠不住，因为督军决不至于这样的糊涂——不至于用洋人的势力来欺压自己的同胞！我不信，决不信。

高老四　惟愿这是谣言才好，但是——

时伯英　总之，请你放心，安心过年。万一，督军是麻木不仁——你们也不要害怕——反正他们有的是武力和势力，我们有的是毅力与死力！

高老四　对！时先生这话很对！我们的要求不完全答允，就是拿我去枪毙，我亦是不上工的。

时伯英　这才是做人的精神。我往往觉得世上有两种人最可敬爱的：一种是天不怕、地不怕的，只要认定了主张，就拼命的向前去干；还有一种隐士派的潇洒人物，他们是抱"不管主义"的，无论社会闹得怎样的起劲——复辟也好，革命也好，亡国也好——他们满不管，满不在乎！最可怕的就是那些不三不四的、畏首畏尾的，进不肯进、退不肯退的人！这种人真是可怕！中国所以闹到这种地步，就是这派人太多！

高老四　中国人欺侮中国人，我倒不很气，因为大家都是弟兄们——弟兄们吵吵闹闹是常事；不过最可恶的是这些外国人插进来害人！

时伯英　话又说回来了，怪来怪去，还是我们自己不好。孟夫子说："人必自侮然后人侮之。"倘若我自己振作起来，看看外国人敢不敢欺侮我们。再者，凡是与他们办交涉的时候，总是我们政府让步，把他们养成了一种盛气凌人的习惯，他们老以为中国人是好说话的，是好欺侮的！好像吃甘蔗一般，起初吃一节，觉得很有胃口，到后来越吃越甜，越吃越想吃！假使我们在开头的时候，就给他们辣椒吃，或者给些蓖麻油他们喝——他们敢不敢得尺进尺、得丈进丈的欺压我们？

高老四　对！外国人真是岂有此理！我们自己只缺少些枪炮子弹；不然，很可以同他们打一仗，显显高低，出出几十年来的闷气！

时伯英　我们虽没枪炮子弹，但是我们有的是热血！不过我们大家要万众一心，抱定自己的主张，不要受人利用，不到忍无可忍的时候，决不可暴动！

　　　　［桂儿拿着些糖果跑上。

桂　儿　爸爸！吃糖！吃糖！这糖真好吃，爸爸！（将一颗糖果放到时伯英的口边）

时伯英　别吵！别吵！你自己吃吧！

桂　儿　不！不！爸爸一定要吃这颗！爸爸！你一定要吃这颗！

时伯英 好啦好啦！我吃这颗吧！送点给客人吃！听见没有！

    〔桂儿递糖给高。

高老四 哈哈，不敢当！不敢当！我现在要回去了，时候不早了！

时伯英 何妨多坐一会儿？

高老四 别客气！我家里还有人候着我。明早再来向时先生拜年罢！

时伯英 好说好说。厂里的事情，你请放心，我自有方法对付！安心
   过年罢！再见罢！

高老四 明天见吧！

    〔桂儿亦随着说了"明天见罢"。高老四下。

桂  儿 爸爸，你还吃一颗糖好不好？

时伯英 （抱桂儿在怀里）宝贝，你专门知道吃糖——你知道这是什么
   糖么？

桂  儿 花生糖。花生糖，爸爸！

时伯英 宝贝真乖。你知道花生是生在什么地方的？是土里结实的，
   还是像葡萄一样挂在架子上结实的？

桂  儿 挂在架子上。不！土里？

时伯英 究竟在土里结果好呢，还是红红绿绿的挂在架子上好呢？

桂  儿 爸爸！我见过！，我见过葡萄是挂在架子上的！姑妈家里
   有！爸爸吃吗？妈妈房里还有葡萄干呢！我去拿来给……

    〔桂儿急忙的跑下。时夫人上。

时夫人 怎么何妈还没有来？

时伯英 你叫她到哪里去了？

时夫人 我叫她去打醋了。怎么到现在还没回来？真怪！

时伯英 想必是今天年夜里，杂货店里生意太好，一时儿忙不过来。

时夫人 也许。可是我在等着醋用。

    〔时母上。头发斑白，年约七十岁。左手执一串念佛珠，右
    手扶一拐杖。

时　　母　桂儿呢？

时夫人　奶奶，桂儿在后边啦。（向后台喊）桂儿！桂儿！奶奶喊你啦！快来呀！

　　　　　　［时夫人下。

时　　母　今年听说时局乱得很，过年恐怕不很热闹吧？听说银根很紧？

时伯英　是。银根特别的紧。这几天倒闭了几家钱铺。

时　　母　我叫你去收的那些账，都收讫了吗？

时伯英　我去收了。不过有些收不讫。

时　　母　什么！收不讫？今天是大年夜，你知道吗？请问你今天还收不讫，那么什么时候才能收讫呢？

时伯英　他们那些欠账的人也太可怜了！比如今天早晨我到刘跛子家里去收账，见着他们家里那种凄凄惨惨的情形，我简直不忍开口要钱！您老想，跛子病在床上，他的媳妇做工去了，他的两个孩子围着他哭的哭，嚎的嚎——像这样的情形，我哪能开口要钱！就是你老自己去，亦未必忍心开口！

时　　母　不忍开口，哼！难道那些钱不要了？难道那些钱就白白送给他们了？哼！你知道我那些钱是怎么辛辛苦苦集下来的吗？可怜我吃了卅几年的长斋，只积这几百吊钱放放账，生生利，打算将来替你们后代留点靠背！哪知道你还这样的糊涂！哼！你以为我这些钱来得容易吗？可怜他们！都是从我牙齿缝里省下来的，你知道吗？哼！我真白白的修了一辈子！哼！

时伯英　我知道你老这些款子是几十年慢慢的省下来的，您老吃长斋的原意亦不过是修善积德。

时　　母　我吃长斋，不错，是修善积德。但是我不能专门替别人修善积德呀！不成！不成！你明天非替我把所有的账收讫不可！

时伯英　慢慢我终要替您老收讫。不过明天是正月初一，好意思到别

143

人家去讨账吗？

时　母　我不管！我明天非要钱不成？

时伯英　您老这又何苦呢？世界上的人，人人都想做富人，人人都想做好人，不过各人的境遇不同，所以才弄出贫富善恶的结果来了！我们现在虽然不能算富，总算是有一碗饭吃的人家。我自己时常想着，有碗饭吃的人家应该常常想到那些无依无靠的境遇不佳的穷人！

时　母　（愤极了）你是维兴派！舍回堂！吃洋教的！卖祖宗的！改命党！我们是老腐败！老朽！哼！哼！阿弥陀佛！阿弥陀佛！在大年夜里，还要气我一场，我真是白白的——白白的修了一辈子！白白的！白白的……

　　　　〔时母气忿的正欲下时，桂儿笑嘻嘻的，拿着一条活的鱼迎面而来。

桂　儿　奶奶！奶奶！您看这是什么鱼？我说是鲤鱼，妈妈说是鲫鱼！

时　母　阿弥陀佛！阿弥陀佛！

桂　儿　妈妈要把它放进油锅里去！

时　母　胡说八道！不怕造孽吗？好好的性命怎可放进油锅里去！不怕报应吗？赶快拿去放生！赶快拿去放生！阿弥陀佛！阿弥陀佛！

桂　儿　（转向其父）爸爸，你看这是什么鱼？

时伯英　这是鲤鱼。赶快拿去给妈妈炸吧！

时　母　放屁！炸？看看谁敢拿去炸？赶快给我拿到后面花缸里去放生！阿弥陀佛！阿弥陀佛！真是造孽！

　　　　〔时母引着桂儿下。伯英坐下沉思。

时夫人　（在后台）桂儿！桂儿！别淘气呀！赶快把鱼拿来！听见没有？……（半晌无应声）

　　　　〔时夫人急忙的上。

时夫人　桂儿呢？他拿一条鱼往哪儿去了？他没有上这儿来吗？（时

144

伯英未听见）吓！北皋！你又在想什么？我问你的话，听见吗？

**时伯英** 你要说什么？

**时夫人** 桂儿往哪里去了？

**时伯英** 他与奶奶拿一条鱼往后面花缸里放生去了！

**时夫人** 呀？又放生去了？这条鱼是我预备着为团圆酒的，怎么奶奶
又拿去放生了？

**时伯英** 奶奶年纪老了，神经近来益发有点颠颠倒倒。刚才为了她老
人家那笔私房账，亦和我闹了半天。然而她总是长辈，就是有了
什么与我们思想上起冲突的地方，我们做晚辈的应该忍耐一点。
再者她老人家的天年亦近了——愿老人家身体康健，能够和我们
多住几年，亦是我们的幸福。这几年来，我明明知道，她老人家
对于我的行为，是很不赞成的，这事使我们非常不安。可是我也
没法。不过自己往往觉着为人子者不能安亲心，真是很大的缺憾！
况且她老人家又是这么大的年纪了！英英，望你也忍耐一点罢！

**时夫人** 我并不是说她老人家不应该拿去放生，可是把鱼养在花缸
里——算放生，我实在不赞成。因为今晚养下去，明早就被猫儿
偷吃了，这是何苦呢？若是他们这些吃斋的人喜欢放生，也应该
放到河里去。

**时伯英** 你以为把"生"放到河里，就有意思么？

**时夫人** 我并不是说有意思。不过我觉得比把鱼放到花缸里给猫儿吃
好一点。

**时伯英** 我看亦是五十步笑百步的。总之，鱼是供人吃的，就应该给人吃。

[何妈神色仓皇，手执一瓶醋上。

**时夫人** 你干吗才回，何妈？

**何　妈** 哎呀！太太！今天真是危险，差不多把性命送掉！真是
危险！

**时伯英** 什么事！外面又发生了抢案吗？

何　妈　对！老爷！抢案！抢案！钱……钱铺里的抢案！

时伯英　钱铺里发生了抢案，为什么把你吓到这样地步呢？

时夫人　对呀，怎么你……

何　妈　太太哪里知道，我刚进杂货店就听到人声哄哄的。当时，我以为是在这年卅夜里，店家因为来往账目不清的缘故，大家闹起来了！哪知到后来，只听到警笛呜呜的乱叫，到这会我才知道必是有什么抢案了！所以我急急忙忙的提了醋瓶想赶回来，却不料一个五十多岁的兵，向着杂货店门口拼死拼命的跑来，后面有三个年纪略微轻一点的兵，气喘喘的追上来，口里大声喊着："土匪！土匪！"接三连四的又赶来了三个巡警，向着杂货店里的掌柜的说："赶快！赶快！关起门来！有一个抢犯跑到你们屋顶上去了！"这时围着这店子前前后后的都是巡警，凡在店里买东西的人都一概不准出入，所以我也围在里面不能出来了！

时伯英　那个土匪究竟捉到了没有？

何　妈　捉到了。

时夫人　是一个什么样的人？你看见没有？

何　妈　我没见着，因我挤在人丛里。听说是一个廿几岁的兵！——还有人说是我的同乡。

时夫人　你的同乡？你乡下有什么人当兵吗？

何　妈　我不十分知道。大概不少。听说这个人马上就要拿去枪毙！因为这几天戒严！

时夫人　明天是正月初一呢，哪能枪毙人！

时伯英　有什么不能！他们管不了这些！他们要杀起人来，什么时候都可以杀！

时夫人　这是多么惨的事情。正月初一枪毙人命！不知这人家中有无父母妻子儿女？倘若有，他们得了这种消息，不知如何的伤心！

何　妈　真是可怜！不过这些当兵的亦太可恶了，他们常常抢！

时伯英　他们不抢吃什么？就是我去当兵，恐怕我也要抢！你们想，每人只有七块钱一月，还时常领不到，他们怎么不抢？假使这些当兵的犯了抢案就应该枪毙，那么当代的这些督军皇帝们，岂不应该五马分尸了？我们只见兵抢，殊不知他们的长官抢得更厉害！只以为兵犯罪，不问他们究竟为什么犯罪！我们只以为军阀可恶，殊不知现在的那些市侩式的教育家、慈善家、资本家更可恶！

时夫人　得啦得啦！您的老脾气又发了——又来发牢骚！

时伯英　并不是欢喜发牢骚，实在是事实如此。就拿当代的教育家打比罢，他们不但没有循循善诱的本领，而且要做做小官僚！你瞧！他们不但自己无恶不作，而且他们还引着学生帮忙作恶！唉！无怪有人说"人心不古"！（说完后长叹一声，向靠椅上一躺）

时夫人　你也不要凭空的着急，就在这儿坐一会罢！我虽没有多读书，但是觉得社会的进步是有一定的秩序的，倘是时日未到，虽有志改造，亦是枉然。有时，我觉得你感情过于激烈。这是很不好。你受了一点感触，简直急得不能说话。这于身体很有妨害。你自己小心罢。

　　　［时伯英垂头丧气的坐着默无一言，何妈避在一旁哭泣。远远的听着断断续续的爆竹声。

时夫人　何妈，时候不早了，人家都在放爆竹、封财门，我们也应该预备了吧。怎么！何妈？你干吗又哭呢？今天是过年卅，大家应该图顺遂才好，为什么都是愁容满面的？

何　妈　（一边拭泪，一边强笑）没！太太！我没哭啦！不过我心里陡然觉得有点不快活！

时夫人　你究竟为什么不快活？你在我们家里来了几年，难道还有什么不可告诉我们的事情吗？

何　妈　倒没有什么不可告诉太太。

时夫人　那么照直说，看看我们能否帮忙？

何　妈　我有一件事向来没告诉太太的。

时夫人　什么事？现在请说。

何　妈　我有一个儿子——就是这么一个儿子——十八岁出去当兵，到现在足足五年了，从来没有音信，我实在放心不下。

时夫人　你没有托人打听他的下落吗？

何　妈　我常常向那些从军队里回来的人打听，但是都无可靠的信息，有人说他上年在湖南打仗死了。又有人说他在山东做了官——做了一个什么长，现在发了财，住的是洋房子，讨了好几位姨太太！不知是真是假。

时伯英　你的儿子叫什么？

何　妈　他的小名叫起凤。他去当兵的时候不知报的是什么名字。

时伯英　山东似乎有一位师长姓何，名字我记不清楚了，不知道是不是你的儿子？

何　妈　真的吗，老爷？怎么叫师长？

时伯英　你知道督军吗？

何　妈　知道。

时伯英　师长较督军次一级。

何　妈　我这一辈子就伸头了，倘是我的起凤果真在山东做了师长！

时夫人　你的儿子今年几岁？

何　妈　廿三。

时夫人　（向时）廿三岁就有资格做师长吗？

时伯英　有什么不可？——只看他有没有枪炮子弹？哼！这个年头，倘若有了子弹，慢说做师长，就是做皇帝亦未尝不可！

　　　　〔此时有数兵带着武器上。

兵　甲　（向时）你是时伯英么？

时伯英　对。有什么事？

兵　乙　督军要你！

148

时伯英　督军要我干吗！

　　　［时夫人及何妈见此情形，均已惊慌失措。兵丙以为桌上的
　　　醋是酒拿起来就向口中喝，殊不知是醋。于是大吐不止。

兵　丙　倒霉蛋！倒霉蛋！我以为是酒——五加皮，原来是醋！真是
　　　倒霉！好酸！酸……酸极了！

兵　甲　督军要你的命！

时伯英　要我的命？我一没杀人，二没放火，干吗他要我的命！你们
　　　恐怕一定闹错了？

兵　乙　闹错了？难道你不是那个"过鸡排"的时伯英么？

时伯英　我是时伯英，但是我并不闹什么过激派！

兵　甲　我不管你是过鸡排过鸭排，总而言之，我们奉了督军的命令
　　　来捉拿时伯英，现在你既是叫时伯英，那么无多话可说，请跟我
　　　们去罢！（说毕提着时的领口向外走）

时夫人　请站住。列位既是奉了督军的命令来捉拿时伯英，那么总带
　　　有拘票！

兵　甲　拘票？用不着！戒严期中！

兵　乙　别与她噜苏！咱们带着人走就得啦！

时伯英　诸位请别急。既是督军有命令下来，我当然是要去的。不过
　　　稍稍待，容我同家人说几句话。

兵　甲　咱们管不着！走！走！

时伯英　英英！今天是大年夜！

时夫人　明天是甲子第一天！

兵　乙　（向甲）咱们走咱们的！走！走！

　　　［众兵拥着时伯英正要下时，时母牵着桂儿，扶着拐杖，口
　　　中念着"阿弥陀佛"上，忽见场中纷乱情形，神色大变。时
　　　夫人不觉流下泪来。桂儿投入母亲怀中大哭不已。时母急得
　　　一时不能开口，只是拼命的想拦住众兵的出路。兵甲怂极，

一脚将时母踢倒，前呼后拥的拉着时伯英下。此时街邻传来的爆竹声如同战场的子弹声；桂儿呼父的哭泣声与时母的喘气声，凑成一场凄凉。

——幕——

（一九二五年六月廿五号脱稿于美国荷林城）

## 第二幕

**布　景**

督军公署的临时监禁所。有一出入门，一大格子铁窗，长形板凳数条。室中燃着一盏煤油灯，灯光暗昧。

**时　间**

与第一幕相距两小时。启幕时有数卫兵正在猜拳喝酒，以花生为佳肴，大家已有几分醉色。

兵　一　弟兄们，咱们快点喝吧，停会排长来了倒不好。

兵　二　这会儿谁也不会来！大人们都在家里吃团圆酒！

兵　三　哈哈！他们大人们在公馆里吃团圆酒！咱们小人们却在这里吃"花酒"！哈哈！哈哈！

兵　二　别胡诌！怎么叫吃花酒？

兵　三　我现在明明是花生下酒——怎么不叫花酒！

兵　一　哈哈！有道理！有道理！哈哈！咱们现在吃的真……真是花酒！花酒！花酒！（醉醺醺的将兵三抱着，用梆子腔或大鼓腔唱道）你是我的花姑娘，我是你的情郎，我们真是一对织女配牛郎，真是织女配牛郎！

兵　三　吓！别胡唱！恐怕排长要来！倘若醉了，你就去睡吧！

兵　一　　醉了？笑话！真是笑话！五斤白干四个人喝还会醉吗？你再拿五斤来，看看我醉不醉？

兵　二　　咱们赶快喝吧，喝完了就去睡！听说张队长今天过江去捉拿什么"割鸡胆"去了！恐怕他们也要回了？咱们还是拾掇拾掇走罢！

兵　一　　走？走到哪儿去？（站起来东倒西歪的，口里呢唔呀唔的）

兵　二　　睡去罢！

兵　一　　睡去——咱们找花姑娘去！

兵　三　　别胡诌了！已经快天亮了，还去找什么花姑娘！

兵　一　　（又将兵三抱住，一边唱道）你就是咱的花姑娘，咱就是你的多情郎！咱俩天上一对，地下一双！叫一声咱的亲亲的，热热的花姑娘呵！

兵　三　　（气忿地将兵一推倒在地）你，你真是发酒疯么？（兵一大吐不止）

　　　　　[此时队长张某，带着两护兵押时伯英上，众兵见张队长到，均行军礼，惟兵一仍睡在地下大唱其"花姑娘"。

张队长　　你们这群混帐东西！这还了得！这还成什么军纪！呀！

兵　一　　哼！这还了得！你们这群混帐东西！这还成什么金鸡！你们在家里逛逛姨太太，我们只好在这里吃吃花酒！我们还有花姑娘！他是我的姑娘！

　　　　　（唱）花姑娘，天快亮，

　　　　　　　　咱们回到象牙床！

　　　　　　　　我叫你一声好娘娘，

　　　　　　　　你叫我一声恩爱的情郎，

　　　　　　　　我的花姑娘呀……

　　　　　　　　我的花姑娘呀……

张队长　　（重重的将兵一打了两个耳巴子）王八蛋！你真发酒疯吗？这

还了得！这堂堂皇皇的督军公署岂不成了你们这些混帐东西的窑
子馆吗？这还了得！（向众）来呀！把这混帐东西拿去毙了！

　　〔众兵跪下哀求，兵一却还睡在地下唧唧咕咕的胡诌。时伯
　　英坐在一旁若有所感。

众　兵　求大人赦免他初次！

张队长　初次？混帐东西！拿去毙了！拿去毙了！听见没有！

兵　一　你们这群王八蛋！赶快拿酒来给老子喝，老子今天非喝一个
　　　　大痛快不可！

　　〔兵一尽力想爬起来，忽跌忽起的数次，陡见众兵跪在张队
　　长的面前，即将张紧紧的抱住，大笑狂笑，于是众兵强之而
　　退。众兵复上时，还听着兵一在室外大唱其"花姑娘"。

兵　二　请千万宽恕他，大人！因为今天是年卅夜！

张队长　年卅夜！年卅夜就可把衙门当成窑子馆么？混帐东西！赶快
　　　　替我拿去毙了！你们这些混帐东西各记大过二次！不如此，不足
　　　　以正军规！这还了得！这还了得！

兵　二　（跪下）大人……无论如何，大人！请开恩宽恕他第一次……

张队长　你们这些混帐东西倘若再噜苏，不服我的军令，那么我就连
　　　　你们一块儿毙！听见没有！

兵　二　万一大人要照军法从事，亦求大人待他酒醒了！

张队长　哼哼！待他酒醒了？那么他醉了的时候就可以横行霸道，无
　　　　所不为吗？你要知道军纪是铁面无私的，无论何人犯了军纪，都
　　　　是应该照军法从事的！

　　〔张队长带着一副很有决断力的面孔下。众兵亦随之而退。
　　时伯英表示一种非常沉痛的神色，不觉长叹一声。忽而远远
　　听着一种威吓声，啼哭声。片刻，兵二上。兵二年约五十岁。

兵　二　先生，冷么？

时伯英　还好。

兵　二　我……我看先生是上等出身。不知犯了什么罪？

时伯英　我自己不知道。

兵　二　先生贵姓？

时伯英　时伯英。

兵　二　是那个做律师的时先生么？

时伯英　对。我是律师。你怎么知道的？

兵　二　好人！好人！先生是好人！我有一个侄儿子在烟厂里做工，认识先生！他常常向我谈及先生。先生肯帮人！热心得很！真是难得！真是难得，像先生这样热心的人！（说到此处由袋内取出一支烟来奉与时伯英）先生抽烟么？（忽见时的双手被铐）呀，先生，我还忘了替你去掉手铐！

时伯英　可以取掉么？

兵　二　在这屋子里，无妨。

时伯英　这是一间什么屋子？

兵　二　这是督军公署里的"临时监禁所"。（一边替时去手铐，一边说）凡是在戒严时期捉来的犯人，在枪毙以前，他们都关在这里。先生抽烟么？

时伯英　不。你请。

　　　　〔兵二燃火吸烟。远远的闻着吼哮声，鞭挞声。

时伯英　呀，什么！这是什么声音？

兵　二　先生别怕。这是打军棍。

时伯英　打军棍？

兵　二　对。打军棍，弟兄们犯了规矩，重的枪毙，轻的打军棍。现在挨军棍的是刚才喝酒的几位弟兄。

时伯英　刚才喝醉了的那位不是要送去枪毙吗？

兵　二　已经去了！

时伯英　已经拿去枪毙了吗？（现出一种惊慌失措的样儿）

兵　二　对，先生，这并没有什么可怕，亦不稀奇。我们军队里枪毙人是常事。这几天特别多，因为年下抢犯多。就是仅算今天下午，已经枪决了九个。

时伯英　九个？他们都是抢犯么？

兵　二　都是年纪很轻的抢犯。奇怪，大半拿去枪毙的，年纪都是很轻。刚才这个酒疯子年纪也不大。

时伯英　他有多大？

兵　二　只有廿五岁。

时伯英　你，知道他罢？

兵　二　我与他不错，他叫何起凤，本地人。

时伯英　何起凤？

兵　二　对。——何起凤。先生也认识他吗？

时伯英　不过这个名字好像在什么地方听见过的。对了！我想起来了，他从前是不是在山东当过兵的？

兵　二　对。何起凤前两年是在山东。先生怎知道的？

时伯英　因为他的母亲在我家里帮工，所以我知道这一点。他是不是还有母亲？

兵　二　这我倒不十分知道，他也从来没有提及过。他家里的情形，我们都不明白。有时，喝醉了酒，他就胡说一顿——说这说那，说他有一个顶漂亮的媳妇在家里，又说他的父亲是在辛亥年革命死的。

时伯英　这个拿去枪毙的何起凤，大概就是我家里帮工的何妈的儿子。何妈今天对我说起——说他有一个儿子十八岁出去当兵，到现在四年杳无音信，有人说他死了，又有人说他在山东做了师长。

兵　二　哈哈，做了师长？好家伙！哪有这么容易的事。

时伯英　倘若他的母亲知道了他已经枪毙了，不知她要如何的伤心呀！

154

兵　二　我们倒不觉得什么。可是他的母亲听了，恐怕不得了！

时伯英　难道你心里现在不难受么？

兵　二　不。一点儿不。因为我们见惯了。我当了十七年的兵，看见弟兄们拿去枪毙的不知有多少。

　　　　〔张队长上。兵二致敬。

张队长　混帐东西！叫你在门口守卫，你坐在这儿享福，还不赶快替我滚出去？混帐东西！

　　　　〔兵二下。

张队长　督军刚才从公馆里有电话来，说今晚准你见客。

时伯英　谢谢督军，在这样快乐的年卅夜，尚且如此照顾我。

张队长　现在有你的家属和商会会长要见你。

时伯英　请你费心让他们进来。

张队长　但是限定半点钟。这是督军的命令。

　　　　〔张队长下。商会会长王伯川与时夫人同上。王伯川与时伯英对话时，时夫人坐于一旁哭泣。

时伯英　王会长，真是对不住得很，这时还远劳你的驾来看我，实在不敢当，现在差不多快天亮了吧？

王伯川　没。还没有一点曙光。北皋，望你别惊慌。

时伯英　我觉得和平常一样，并没有什么不好。

王伯川　当你的夫人到我家里去告诉一切的情形之后，我就马上打了电话给督军。据督军说这事满不与他相干——完全不是他的意思。

时伯英　那么究竟是谁的意思？

王伯川　听说一小半是巡阅使的意思，一大半倒是外国领事的怂恿。

时伯英　这又奇怪，外国人为什么要求中国官厅处治我？

王伯川　据说你扰乱了他们在中国的权利，说你时常帮助工人给他们为难。

时伯英　这是很明显的，我是中国人，我爱中国的同胞！我们的同胞受了外国人的欺压，我们稍微有点血性的男儿，当然要反抗的！老实说，他们处治了我一个时伯英，可不能处治四万万个时伯英！末了，终是公理战胜强权，现在的世界虽是如此的野蛮！

王伯川　那是自然的。不过我们的政府太懦弱无能了！

时伯英　我们的政府固然是懦弱无能，但是同胞非抱一种"自强不息"的精神不可！

王伯川　总之，现在的武人太坏！

时伯英　提及武人，我倒要请问你，巡阅使为什么要跟我过不去？

王伯川　这我亦不十分清楚。据督军的秘书说，上前天巡阅使有一密电给督军，大致是说：时伯英是 W 省的一个人才，将必有作为，倘若我们不先下他的手，恐怕后来我们要吃他的亏！督军接到这个电报的时候同时又接到外国人的电报，所以督军才下了处治你的决心！

时伯英　这事我倒很信，因为前年巡阅使路过 W 省的时候，我曾去见过他一次。当时他问了我许多治国平天下的计划，我第一就是反对军阀主义，主张废去督军、巡阅使种种亡国的制度。他很不以为然，这大概就是巡阅使要处治我的原因！唉！

王伯川　北皋，你且放心。我拟明天召集商会，打算以全体商界的名义打一个专电给巡阅使，担保你的生命财产。你且放心，明天下午我亦打算亲自到公署去会督军面谈一切！总之，请你放心，我自有办法。

时伯英　我自信我的生命没有什么危险，因为我生平没有干过什么缺德的事情！

王伯川　我也如此的相信。不过请你心里安静一点，不要过于焦急！你生平就是吃了性急的亏！现在时候已不早了，我应该去了！其余的时候，你再和你夫人谈谈吧！望你静心休息，明天下午我再来看你。（转向时夫人）太太，你也不要过于忧愁，有什么话请向北皋讲。时候不早了。在这种年卅夜里，本来监牢里是不准看人的，我们今天真是督军特别赏脸！

时夫人　在这种年夜里，我们牵累了王会长，更是不安。

王伯川　这倒没有什么，我们并不是外人。况且北皋所以有今日，都是为公众的幸福。

　　　　［远远的传来一阵阵的爆竹声。

时伯英　这是什么声音？

王伯川　开财门的爆竹声。今年是甲子年。

时伯英　那么今天岂不是甲子第一天！唉！真是光阴似箭——六十年一转，今天又转到甲子年了。过去的六十年的成绩实在可悲可泣，今后的六十年又未知如何。

王伯川　今后的六十年但愿国泰民安，风调雨顺。

　　　　［兵上。

兵　　　这里有一位王会长么？公馆里有电话来请！

王伯川　谢谢。说我即刻就到。

　　　　［兵下。

王伯川　那么我现在走了。望你俩谈谈吧。

时夫妇　今天真是劳驾了！

王伯川　好说好说。再会。

　　　　［王伯川退后，时氏夫妇俩同坐在一条凳上，半晌无语。

时伯英　英英你现在觉得怎样？望你别过于伤心。你须知道我们还有一个小宝贝，还有一个七十多岁的母亲，这都是你的责任，万一我有什么不幸，请你保重身体要紧。

　　　　［时夫人放声大哭。时伯英紧紧将伊抱住。

时伯英　英英！你……你不要如此！这……这是监狱里！这是甲子第一天！（约静片刻）英英，你的心跳得很，我觉得。

　　　　［此时外面起了大风，将门吹开了，忽见一个身体肥大的兵，

横卧门口，鼾声如雷。屋内灯光闪闪。

时伯英　外面起风了！你冷么？英英？

时夫人　我不觉得冷。只是——只是觉得心跳！

时伯英　望你别心跳。想必母亲在家里更是心跳！我到这里来了之后，母亲觉得怎样？

　　　　［时将门关闭。

时夫人　她老人家觉得心痛，我即叫何妈扶到房里去了。我自己就到王会长家里去了。

时伯英　我们的小宝贝呢？

时夫人　因为家里一时没有人照顾他，所以我出来的时候，就把他锁在房里。

时伯英　唉！这全是我的罪恶。对于母亲，我不能尽孝；对于桂儿，我也不能尽慈！因为我要忠于国家和我自己的信仰，时常与母亲老人家思想上发生冲突！这十多年来，母亲心里未尝平安。唉！如今事业倒没成，母亲的心倒几次为我伤碎！惟愿这次……（声泪俱下）

时夫人　我想你生平并没有干什么坏事情。

时伯英　对。但是——

张队长　（在内）混帐东西！怎么睡在路口上呀！还不替我滚走！混帐东西！哼！

时夫人　这是什么的声音？怪可怕的！

时伯英　恐怕是张队长的。

　　　　［张队长上。

张队长　怎么你还不走？快天亮了！

时伯英　她即刻就走。

张队长　本来在戒严时期捉来的囚犯是不准见客的。就是在不戒严的时候，夜晚也是不见客的。你是靠着王会长的面子才得进

来，你知道吗？现在快要天亮了，我们也要换班了，请你赶快
出去罢！

时伯英　对。她就要走的。对不住得很。

　　　　［张队长下。

时伯英　唉！我决没想到替人民国家谋幸福，还要做囚犯的！常言道：
　　　　"我不入地狱，谁入地狱。"这话真是不错。英英，你亦不要伤心
　　　　吧，还是赶快回去，回去侍奉我们的母亲，教养我们的小宝贝，
　　　　使他将来成为一个有作为的大丈夫！安慰他们，叫他别记念我！

时夫人　北皋，我现在不愿离开你！不忍离开你！

时伯英　我知你不愿——不忍离开我——但是你……你必须要离开我，
　　　　英英！

　　　　［两人的目光成为水平线。窗外的风声呼呼地响。

时伯英　英英！

时夫人　北皋！

时伯英　你是一个深明大义的女子！

时夫人　你是一个见义勇为，激昂慷慨的大丈夫！

时伯英　那么我们应该明了我们各人的责任及义务！

　　　　［此时室内的灯光渐渐的小。

时夫人　对。我们各有各的责任，各有各的义务。

时伯英　那么你应该赶快离开这里。忘记我——但别忘记我的未完成
　　　　的志愿。忘记我——但别忘记我的母亲，因为我时常违背她老人
　　　　家的旨意。忘记我——但别忘记我们的小宝贝，尽心教养他，因
　　　　为他是中国的栋梁。亦不要忘记何妈，因为她是世界上最苦的一
　　　　个母亲，更不要忘记你自己，英英。并且——请你，英英，安慰
　　　　那些记念我的朋友们。

　　　　［两人并立紧抱着。室内灯光渐灭，及至全熄，窗外投进一
　　　　线曙光来。远远的听到发军令的号筒声。两人的目光注视于

从窗外投进来的那一线曙光。

**时伯英** （微笑）英英！

**时夫人** （亦转微笑）北皋！

——幕——

（一九二五年，八月二十七号早脱稿于美国幽谷湖畔）

# 第三幕

## 第一景

**时　间**

正月初一下午。

**布　景**

卧室。时母睡在床上微微的呼吸，何妈一旁侍候。

**何　妈**　老太太，请你别记着老爷，您老安心静养罢，福人自有福在！老天爷自然有眼睛的！你老吃了一辈子的长斋，修了一辈子的善，菩萨自然有眼睛的！您老还是安静休养罢！老爷决不至有什么危险的！

**时　母**　吃了一辈子长斋——修了一辈子善！唉！北皋！北皋！（忽然坐起，仰天作搂抱式）我的乖乖，我的宝贝！你回来了，这就好了！我知道督军是阿弥陀佛的，是慈悲为怀的，是普渡众生的！

**何　妈**　老……老太太！老太太！

　　〔何妈将时母扶下安睡。时母双眼紧闭，呼吸甚急，何妈惊慌失措，沿床而跪，默默求神，约有五分钟之久。

**何　妈**　（微声）老太太！老太太！

　　〔何妈见时母未有答应，即轻细的将她的衣被盖妥。桂儿拿

160

着些爆竹上。

桂　儿　何妈——何妈！妈妈呢——有人找妈妈！

何　妈　（摇摇手，将桂儿抱在怀里，轻轻的说道）好……好少爷，轻轻的！老太太刚刚睡着。

桂　儿　（急忙走到床沿）奶……奶奶！

何　妈　（急忙又将桂儿抱到怀里）老太太刚刚睡着，请你不要吵她老人家罢！

桂　儿　妈妈呢？

何　妈　妈妈快要回来了！

桂　儿　外面有人找她。

何　妈　谁？——高老四吗？

桂　儿　昨天夜晚我给他灯笼的那个人。

何　妈　一定是高老四。去，好少爷，去叫他上这儿来。问他有什么话说。说我不便出来。说妈妈不在家。倘是他有什么要紧的事情，就请他上这儿来。说老太太病着，我不能离开这里。

　　　　〔高老四上。

高老四　何妈！你们太太呢？现在简直不得了了！你们太太不在家吗？

何　妈　老四，请轻一点说，不要闹醒了我们老太太！究竟有什么事不得了了？

高老四　据可靠消息，巡阅使已有急电到省，命令督军即刻枪毙你们老爷！

何　妈　什么！枪毙？呀！

高老四　枪毙！

　　　　〔正说到"枪毙"二字时，桂儿霹雳一声，放了个爆竹，何妈急忙将他抱入怀中。

桂　儿　别抱住我！别抱住我！（急急撞脱，跑到床沿，拉时母的衣

161

服，大笑大跳）死何妈！死何妈！欺侮我！奶奶！奶奶！何妈欺侮我！

何　妈　（又将桂儿抱住）好少爷！乖少爷！别闹奶奶！奶奶病了你知道吗？

　　　　［此时，时母微微的将双眼睁开，水汪汪的看着桂儿，忽而长叹一声，将手示桂儿——及握，半晌方开口。

时　母　宝贝！你知道你的爸爸现在在哪里？

桂　儿　爸爸？去替我买玩意儿去了。妈妈说他不久就要回的。奶奶，我这爆竹真响，我放一个给奶奶听听，好不好？（正欲放时，又被何妈阻止。时母微笑的又将双目合闭）

何　妈　（又将桂儿抱在怀里）乖少爷，别吵奶奶！让奶奶睡一会儿。奶奶是病了，你知道吗？

高老四　老太太好一点么？

何　妈　较昨天更厉害了——因为今天还迷糊糊的说了一天的胡话，大概是想念我们老爷过度的缘故。

高老四　请了医生么？

何　妈　今天早晨请了一位外国医生来看过。

高老四　外国医生？为什么一定要请外国医生？

何　妈　一则是外国医生可靠些，二则今天是正月初一，大家都在过年，请不到中国医生！

高老四　就是我病死了，我再也不请外国医生了，我恨外国人！我恨他们不讲道理。这一次的事情，倘若没有他们在里面做鬼，何至闹到这种不可收拾的地步！哼！

何　妈　你这话实在不错。（桂儿靠着何妈的肘臂睡着了）这小孩睡着了，让我抱他到隔壁房里去睡。请你在这儿坐一会儿，我想我们太太不久就要回来了！

高老四　不。我也要走了。我要带着全体同事到督军衙门里去请愿，倘若你们太太回来了，你就把这话告诉她。回头见罢。

[高老四下后，何妈将桂儿抱入室内。片刻，时夫人上。刚入寝室时，即听着时母喃喃的细语。

时　母　（在梦中）这是黑天的冤枉！这是黑天的冤枉！我的儿子并没有犯罪！枪毙他是黑天的冤枉！呀！（呜呜的哭）

[何妈闻哭声即上。

时夫人　老太太！老太太！请别怕！请别怕！英英在这儿！老太太！

时　母　（恍然）你是英英吗？

时夫人　我是英英，老太太！

时　母　英英，北皋已经枪毙了！

时夫人　北皋到黄陂舅爷家里拜年去了！老太太请放心罢！

北　皋　不久就要回来的！

时　母　唉！英英！你又在骗我！我明明刚才看见几个兵把北皋捉去枪毙了！

[桂儿在叫"妈妈"。

时夫人　这是老太太的梦境！

时　母　难道我在做梦么？不！不——我亲眼看见北皋被人枪毙了！

时夫人　北皋生平没有犯什么罪。这一定是梦！

时　母　梦！梦！我活了七十多岁是做了一场大梦！吃了四十年的长斋——就是……到如今只修得我的儿子给人捉去枪毙了！我这辈子白白的修了！白白的——白白的修了！（呜呜的哭，时夫人与何妈均在一旁啼泣）

[桂儿上。

桂　儿　妈妈！爸爸呢——爸怎么还没回？爸爸替我买的玩意儿在哪里？我要我要！妈妈！

[时母忽然双眼紧闭，呼吸渐紧。桂儿向妈妈怀中投奔。

时夫人　老……老太太！老太太！老太太！何妈——何妈……老太太

不好了！不好了！老太太……

——幕——

## 第二景

[甲子第一天的黄昏时候。满天墨云，若有大雨临头。幕中系着一线金光——晚霞余波。远远的钟声由缓而急，由远而近（自开幕始，至闭幕止）。将人间一切的悲哀，泄露于可怖的天际。

近处是一座绝无人迹的破古庙，远远的望去，是一片朦胧无止境的荒野，若有森林，若有孤山。

[开幕时，时伯英除穿短裤外，裸体的立于庙旁两古松的中隙，并护有武装军警数人。

在万马奔腾的军号声中，在替人类呼冤怨的晚钟声中，快枪一举，轰隆一声，可怜一个天不怕，地不怕，为人道、为正义、为主义而牺牲的，视死如归的，虽死犹生的时伯英，微笑着仰天而卧。满场凄凉黑暗。惟有天边那一丝金光，犹自嫣然。此时钟声亦渐徐缓，但极沉痛，好似万民伤悼的哭泣声。幕亦随着钟声的节奏而落。

——全剧完——

（一九二五年，九月十三号脱稿于美国冈桥菊农居）

# 王 三[1]

## （独幕剧）

**全剧登场人物**

    王三

    王妻

    赵五

    张七

**时　代**

    一八八八年

**地　点**

    某大都会

**布　景**

    一间很破陋的屋子。王妻正盼望着王三回来，果然王三就回来了。可是夫妻见面，妻的情态非常热，夫的情态却非常冷。他的一副面孔叫人看了，仿佛觉得世界末日就要到了。看了他一身一手的鲜血斑点，不消说，更是叫人感觉一种杀气。

---

    [1] 本剧又名《醉了》。

王妻　你从哪里回来？

王三　从哪里回来？你说我从哪里回来？你瞧瞧我这双手，你瞧瞧我
　　　这一身，你瞧瞧我这刀上的血！

王妻　那么我先取盆水来，你洗手。

　　　　〔王妻取了一脸盆水来。王三洗手。

王妻　其实，你那身衣服亦应该换一换。

王三　换？拿什么换？唉！我怎么会吃了这碗倒霉饭！

王妻　不吃又怎么办呢？

王三　我简直不能瞧我这身衣服，一瞧，我的手脚发软，我的心发酸，
　　　我的眼发花，仿佛看见无数冤魂怨鬼围着我哭哭啼啼！

王妻　那么你就脱去这身衣服罢！

王三　脱去？脱去了，拿什么来替换？

王妻　你不是还有一件短夹袄吗？

王三　短夹袄？短夹袄不是狗儿去年穿到棺材里去了吗？

王妻　那么……

王三　唉！

王妻　那么今早在我妈家里借了一件大褂，本来预备去当钱来替奶奶
　　　医病的，现在你就先换上罢。

王三　奶奶的病怎样了？

王妻　还是那样。

王三　那么还是拿去当罢！

王妻　你先换上罢。奶奶的病我再想法子。

　　　　〔王妻替王三换衣。

王三　怎么是女人的大褂？

王妻　是我妈的。别人谁肯借衣服给我们当。

王三　这我怎能穿？

王妻　在家里穿穿不要紧。

王三　出外呢？

王妻　再想法子。

　　　〔王三换妥了衣服，王妻将脱下的衣服与大刀顺手挂在壁上。

王三　不要挂在这里！

王妻　那么挂到哪里去？

王三　砸到后面井里去！

王妻　那么？

王三　那么？……

王妻　你真不想再吃这碗饭么？

王三　难道你愿意我做一辈子的"刽子手"么？难道你愿意你的丈夫
　　　一辈子杀人么？你以为我是专门到这世界上来杀人的么？你惟愿
　　　我整天整夜的被冤魂怨鬼压着么？

王妻　你今天干吗生这么大的气？我又没得罪你！

王三　气！哼！

王妻　你今天在外面受了谁的冤么？

王三　冤？冤大着啦！唉！（仿佛见鬼似的）你们！你们！我求你们
　　　不要跟着我！饶了我罢！我向你们谢罪！（跪下）你们觉得你们
　　　死得冤枉么？但是——但是这不能怪我呀！我不过是听人使用的
　　　一个小差役……上头命令下来了，我怎能不执行呀？我真是想救
　　　你们的，心有余实在力不足啊！朋友……朋友……请你们饶了我
　　　罢！……请你们饶了我罢！别要整天整夜的跟着我！

　　　〔说毕仰地。其妻倒了一杯水给他喝，才慢慢的清醒过来。
　　　此时听到后台一阵阵的病者的呻吟，非常凄楚。排演时病者
　　　虽不出台，但必须有专员负责扮饰。

王妻　再喝一口水罢。

王三　这是谁的哭声？

王妻　你不要管他。

167

王三　这是奶奶的声音！我要进去看她！好像她在叫我！你听，这
　　　不是⋯⋯

　　　　　〔此时收房租的赵五在外敲门。

王妻　谁呀？

赵五　我呀！

王妻　你是谁呀？

赵五　我是来收房钱的！

王妻　不得了！不得了！收房钱的赵五又来了！

王三　欠他几个月了？

王妻　三个半月。

王三　（仿佛又见鬼似的）呀！你们又来了！我请你们不要来了！你们
　　　为什么这样死死的缠着我？我与你们究竟有什么冤仇？

赵五　（仍在外面）里面究竟有人没？

　　　　　〔王妻扶着王三入内，复出，慌忙收拾了大刀和血衣，放在
　　　　　不十分惹人注意的门角边。

赵五　里面死了人么，怎么还不开门？

王妻　请进来罢，门没闩啦！

　　　　　〔收房租的赵五上。

王妻　我说是谁，原来是五爷，您从哪儿来？您请坐罢。

赵五　王三在家么？

王妻　没有。您是来取房钱么？

赵五　是的。你们的房钱已经欠了三个多月，我们上头已经说坏话了，
　　　今天非交清不可。不然，不但要你们马上搬家，恐怕还得请你们
　　　坐牢呢！

王妻　还是请您通融几天罢。我们实在没有钱。这几天连我们老太太
　　　害病，都没有请医生！

赵五　谁叫你们不请医生？

168

王妻　我们很想请医生，但是……

赵五　但是没有钱，对吗？

王妻　五爷真是晓得我们穷人的苦处。所以房钱还得请您迟延几天。

赵五　这可不成！欠了三个多月，不能再迟延了！你们不要使我为难
　　　罢，我也是帮人收租的。倘若这房子是我的，像你这样的人住，
　　　就是不给钱也不要紧。可是我们的东家那可不成！欠了他的房钱，
　　　不但要搬家，还得坐牢！

王妻　还是求您费心向房东老爷说个情面，通融这个月，下月决不再
　　　通融。

赵五　（痴望着王妻）其实像你这样的人，就不应该欠人的房钱，你有
　　　多大年纪呀？

王妻　你这话问得太奇怪！

赵五　我问你有几岁？

王妻　你为什么要问我的年纪？

赵五　我不过是随便问问，并没有什么意思。多少？

王妻　二十四——不，四十二。

赵五　我看你只有二十四。你要是有几件漂亮衣服穿上倒很不坏。真
　　　是一朵鲜花插在污泥里！哈哈哈哈！

王妻　你笑什么？

赵五　我不过是随便笑笑罢了，并没有什么另外的意思。哈哈哈哈！

王妻　请您不要笑了罢，笑得使人怪难受的！

赵五　好，我不笑了。我问你，王三究竟上哪儿去了？

王妻　出门去了。

赵五　他一会儿回来么？

王妻　恐怕他一时不能回。房钱迟早总要给您的，请您不必在这儿等
　　　候罢。

赵五　房钱迟付早付，倒不要紧，不过……

王妻　不过？

赵五　不过我想乘王三没有回，在你这里歇一会儿。

王妻　那么您尽管歇息，不过没有茶给您喝。

赵五　用不着茶，和你谈谈就很止渴了！房钱请你放心，什么时候有，
什么时候给我。万一你们没有钱，我替你们给，亦不要紧。

王妻　这倒不必，只要请您迟延几天，我们就感恩不尽了。

赵五　这没有什么不可，不过——不过王三究竟上哪儿去了？

王妻　上衙门去了。

赵五　上衙门去了？

王妻　对，上衙门去了。

赵五　是与人打官司去了么？

王妻　不，他向来在衙门里当差。

赵五　做官么？

王妻　做官。

赵五　做什么官？

王妻　做一种官。

赵五　做哪种官？

王妻　很大的一种官。

赵五　你能说得出他的官衔么？

王妻　这倒说不清。我只知道他在衙门里权柄很大，一切的人命都操
在他的手里！

赵五　一切的人命都操在他的手里？

王妻　对！都在他的巴掌心里。

赵五　这倒很奇怪，你的当家的既然在衙门里有这么大的权柄，就应
该很有钱。为什么你们还这样的穷，连房钱都付不出呢？

王妻　这是因为我们当家的不要钱。

赵五　这也许是你们当家的不会做官。

王妻　不，他很会做官！

赵五　既会做官，为什么不会弄钱呢？你瞧，现在哪个做官的没有
　　　发财？

王妻　这是因为我们当家的太老实。

赵五　做官就不应该老实，老实就不应该做官！我近来很厌烦替人收
　　　租钱，很想找个官儿做做，可惜没有门路。你可以向王三说说，
　　　看看他有什么门路。万一一时找不到合适的差事，我亦可以暂时
　　　帮帮他的忙，替他计划计划发财的方法。

王妻　这真好极了。等我们当家的回来了，我与他商量商量。真是，
　　　他真是太老实了！在衙门里做这大的官，还会没有钱过活，说来
　　　谁肯信！

赵五　只怪他太老实，太愚蠢，手腕太不灵，将来你瞧我的！

王妻　我准相信您会弄钱。因为您替人收了这多年的租钱，是很有弄
　　　钱的经验的！嗳呀，我要进去了，我们老太太醒了！

赵五　你们老太太真是病了么？

王妻　可不是吗？天天想请医生来瞧……

赵五　为什么不请？也是因为没有钱么？我这儿借你两块钱罢。

　　　　〔交钱给王妻。

王妻　这就不敢当了！我觉得您真是一个心肠慈善的慈善家！

赵五　我也觉得你真是一个很可怜很可爱的美人！

　　　　〔里面病人的呻吟此时更急切。

王妻　对不住，我要进去看老太太了。

赵五　我一会儿再来。王三回来了，请不要忘了我的事。

　　　　〔赵五下。片刻王三的同事张七上。

张七　三嫂，三哥回来了没？

王妻　刚回来。

张七　在家么？

王妻　在里面。

张七　他今天回来的时候很生气罢?

王妻　可不是吗?你知道他今天为什么这么生气?他从来没有像今天
　　　这样见神见鬼的。

张七　也难怪他要生气!今天衙门里本来要杀两个人,哪知杀第一个
　　　就连砍七刀,头才下来。轮到杀第二个的时候,三哥到底不肯下
　　　刀,好像疯了似的跑出了杀场。旁边当时又没有别人敢去代替,
　　　不得已,只好改到今天下午再去结果他。现在他们叫我来请三哥
　　　下午再去,叫他不要怕!其实也没有什么可怕的!说也奇怪,三
　　　哥经手杀了这么些人,从来不怕,不知他为什么今天这样的害怕?

王妻　三哥既是这样害怕,你为什么不代替他干呢?

张七　我哪儿成?我只能做三哥的副手,叫我做正手,我就干不
　　　了了!

王妻　这件案子你们分到多少钱?

张七　据说分到三哥名下有二十块钱,到我名下有十块钱。

王妻　钱还没有分下来么?

张七　案子还没了,怎么就可以分钱?你去劝劝三哥罢,叫他赶快去
　　　完了这件案子。倘若他不去,不但这二十块钱分不到手,恐怕差
　　　事也难保!

王妻　他已经说过他宁可做叫花子,再也不愿干"刽子手"了!

张七　不愿再做刽子手了?

王妻　对。

张七　你让他不干么?

王妻　他不愿干,我也没法儿勉强他干。

张七　你想不想他干?

王妻　我虽然不愿他干,可是又不能不想他干。你想,现在我们的房
　　　钱欠了三个多月,老太太还病在床上,等钱来请医生;米也没有

172

了；冬天也快到了，棉衣还不知道在哪里。你瞧，倘若他认真不干，我们这一家怎样过活？

张七　假如现在有二十块钱的收入，亦很可以救济一下。

王妻　可不是吗？

张七　那么你赶快设法劝劝他罢。

王妻　我实在没法。你呢？

张七　我倒有个法子。三哥不是很欢喜喝酒吗？我现在身边还有一瓶白干酒。（由衣袋内取出一瓶酒来）我们想法劝他喝酒，待他喝得差不多了，再把大刀交给他，你看他还怕不怕杀人！

王妻　怎么你身边常常带着酒？

张七　没有一个刽子手身边可以离酒的。没有酒，心不横，刀不硬，手没劲。

王妻　你三哥平日杀人不喝酒么？

张七　喝的，可是喝的太少。今天那个人他所以连砍七刀头才落地的缘故，都是因为他没喝醉！现在我们要把他灌醉！把他灌得醉醺醺的，叫他心不由主！他现在在里面么？你去请他来，让我来灌他，待他醉了，不由得他的心不横硬起来，不愁他手上的大刀不向人头上砍去！

王妻　那么我去叫他。他已经来了！

　　　　〔王三上。

王三　我以为是收房钱的赵五在这儿逼账，吓得我半天不敢出来，原来是老七在这儿高谈阔论！

王妻　赵五本是来过，刚走。

王三　房钱怎样？

王妻　他说今天非要不可，停会儿他再来！

张七　咱们衙门里的饷也许快要发了罢？

王三　得了罢！我就饿死，也不再指望衙门里的那几块造孽钱！

张七　三哥，你这话我不很明白。

王三　这有什么不明白！就是"刽子手"这碗饭，我起誓不吃了！

张七　三哥要不干了么？

王三　这哪是人干的活，整天整夜的杀人！世界上可干的事多着啦，为什么要整天整夜的刀不离手，手不离刀的过着屠夫的生活？

张七　三哥这话对，不是三哥提醒我，我倒糊涂了！咱俩这碗饭简直不是人吃的！从此咱俩再不吃这碗饭了！三嫂，拿两只大碗来，我要与三哥喝上几碗，痛快一下！

王三　真是闷气得很！

张七　可不是吗，喝上几碗白干，心里定会舒服点！

　　〔王妻拿上两只饭碗。每人喝了一碗。

王三　说来也怪，早晨那个死鬼怎么连砍七刀，头才落地？莫非这里头有什么冤屈？

张七　这是三哥心里不愿意，所以人头难落地。

　　〔说话之间，张七又敬了一碗酒给王三，王三一饮而尽。

王三　我真是不愿干这个杀人的勾当。你不厌烦这个勾当么，老七？

张七　哪能不厌烦？不过是没有法子。你想咱们不干这个把戏，咱们干什么？

　　〔说话之间，张七又敬了一碗酒给王三，王三又一饮而尽。

王三　咱们不能做点小买卖么？

张七　做小买卖？本钱呢？

王三　借去！

张七　哪里借去？哼！谈何容易，这年头做买卖！何况你还没有本钱，就是有本钱也不容易！

王三　那么咱们帮人打杂去？

张七　帮人打杂去？上哪儿打杂去，请问？

王三　托人找去！

张七　谁肯替你找去，这个年头？

　　　[说话之间，彼此又痛饮了一碗。此时王三已有了几分醉意，突然把桌子一拍，两只眼睛一翻。里面病人的呻吟声亦加大。

王三　那么咱们干吗去？

张七　你说！

王三　你说！

张七　我说咱们还是杀人去！

王三　还是杀人去？

张七　还是杀人去！

　　　[王三突然放声大哭。

王妻　这是怎么一回事？

张七　他已经醉了！他已经醉了！快！拿他的大刀和血衣来！

张七　快给他！刚好，杀人的时候正到了！

　　　[王妻与张七替王三换上了原来的血衣，把大刀放在他手上。

王三　你……你们这……这干吗？

张七　叫你杀人去！

王三　杀人去？

张七　对，杀人去！

　　　[王三正欲冲出门去，里面病人的呼声忽然沉重。

王三　这是什么声音？

王妻　奶奶的呼声！

　　　[王三回转身来低下头，手中的刀往下垂。接着又是敲门声。

赵五　王三回来了么？

王三　这是什么声音？

王妻　这是收房钱的赵五敲门！

　　　[赵五上。王三一见赵五连叫带做的拿起刀来就要杀，吓得

175

　　　　赵五满场飞跑。结果王三、赵五均跌倒，王三一刀砍在一只
　　　　板凳脚上，半天不能开口，只微微的听见他的喘息声。赵五
　　　　只是吓得一头冷汗，好半天才说出一句话来。

**赵五**　这……这……是怎……怎么一回事？

**王妻**　这是因为他喝醉了！

——幕——

# 青 春 的 悲 哀

（独幕剧）

**登场人物**

    贾正经——稽查长，年约五十。

    贾世杰——正经的儿子，年约十九。

    贾晓琴——正经的四太太，年约二十二。

    贾正纬——正经的胞弟，年约四十。

    魏　禄——贾仆，年约二十五。

    景　儿——晓琴的丫环。

    巡　警——一人或两人。

**时　代**

    一九二二年

**地　址**

    一个繁华的大城

**布　景**

    贾正经的会客室。中壁为一椭圆形的门，外有过道，左通正经的书斋，右通世杰的寝室，并有过道通东院，台左有屏风，旁有一钢琴。更旁为一躺椅，琴之三面有西式小椅。靠左壁有一长桌，上置电话机、花瓶、笔、墨、纸、砚、朱红印匣及烟罐、洋火等物。台右有一圆桌，围有椅子四把。壁上挂的是正经父母的遗容和几张小像片。

　　开幕时，景儿正在擦圆桌上的麻雀牌，魏禄含着半头烟卷，带着很有心事的样儿坐在躺椅上。

　　　　[景儿（以后简称"景"）斜过眼来着魏禄一睨。

　　　　[魏禄（以后简称"魏"）把烟头向地一掷，两手衬着颊，长
　　　　　叹一声。

景　　为什么事情叹气？又输了吗？

魏　　（无精打采）唉！帮人家干事情总是难！

景　　可不是吗？俗话说得好："端了人家的碗，要服人家管。"在别人
　　　　家里当差，哪有在白己家里做少爷舒服呢？（稍顿）我劝你就不
　　　　要再赌了吧！我昨天听着老爷对四太太说，倘若你再整天的赌钱，
　　　　他就要辞退你！（把擦好了的牌装在盒子里）

魏　　（冷笑）哼哼！他要辞退我？谅他不敢！

景　　（微笑）嗳哟！你不要在我面前摆这些穷架子罢！倘若他辞掉了
　　　　你，你还敢把他怎样吗？（将牌装盖好了，用手巾向身上拂拭了
　　　　一番）

魏　　（很有决意的样儿走近景儿）景儿——不要紧！老爷不辞退我则
　　　　罢了，如果他辞了我，自然我有法子对付他，总可以使咱们俩决
　　　　不至离开。（双手抚着景儿的肩，两眼呆望着她的脸，显出一种
　　　　媚态）

景　　你别要来这套吧！（把魏禄的手推开，转过脸去）

魏　　（急状）唉！谁又骗你呢！

景　　（回过脸来）那么我倒要问你：昨天晚上你上哪儿去了？

魏　　（踌躇状）昨天晚上？我……我回家去了……

景　　你不说过你的媳妇早死了吗？

魏　　我的媳妇死了，我的父母没有死呵！（媚笑）

景　（怒状）你不要瞒我了！昨天你上小金香那儿去了，是不是？哼！

魏　你实在太多心了。自从上月到现在，谁又到她那儿去了呢！（景儿低着头，魏禄做出安慰她的样儿）你放心罢，我决不是那种见好爱好的东西，你何必这样地生气呢？

景　（命令状）从今日起，晚上不准再出去！

魏　从明天起，好不好？因为我今天还要去翻本啦。你还有没有钱？再给我两块！

景　（反抗状）我没有钱！老爷说过不准你赌了。

魏　（瞪眼）他不准我赌？他自己干吗整天整夜的赌？

景　他是八字生得好，你还不是八字生坏了；倘若你有他这样的八字，现在你还不是可以坐在家里"耀武扬威"地赌，谁敢说你一字半句吗？

魏　得啦得啦！这些零零碎碎的话，你也不要说罢。赶紧给我两块钱。我赌了这次之后，决不再赌了。

景　（不耐烦状）你这一套话我实在听够了。（转身欲下）

魏　（跟着）哪个再骗你……是……

景　你是发惯了"哑叭誓"的！

　　　［电话机上的铃响，景儿接之。魏禄燃火抽烟。

景　（接电话）喂！你们哪儿？……贾宅……哦……你是吴老爷吗？……要请我们老爷讲话吗？请您稍微停一会儿……

　　　［景儿急忙入内，魏禄随之下。约哑场片刻后，贾正经（以后简称"经"）含着吕宋烟上。

经　（接电话）喂！你是老吴吗？……我是正经吓……什么？……你与老张今天不能来吗？……不成不成！咱们只来八圈完事，好不好？……哦……哦……我知道了……你们要去替小玉凤捧场吗？……既是这样，那么明天来罢。……喂！我说，老张昨天真岂有此理，他明明知道我单吊"发财"，硬要打了"东风"出来，

179

闹得庄家和个三翻，弄给我那一盘输了四百多块，你看糟不糟呀？……我走了之后，你们又来了八圈吗？……谁输？……你输呀！……哈……哈哈……哈……哈哈……你也应该输输吧，你在这几天也赢太多了！……我的手气可是糟极了……什么？……他们想开办剧场吗？……没有来……你放心罢，倘若他们不先来运动我是决不成的！……还有什么话吗？……好……好……是……是……回头见。（放下耳机）

　　　　［景儿上。

景　老爷！二老爷来了。

经　请！（景儿转身欲下）喂！景儿——你少和魏禄鬼鬼祟祟地胡闹！听见没？

　　　　［景儿红着脸退后，正经的胞弟贾正纬（以后简称"纬"）穿着西服，手执文明杖，脸带笑容上。

纬　哥哥没有上稽查处吗？

经　没有去。你从家里来的吗？（两人坐下）

纬　不是。我从学校里来的。

经　（去掉烟灰）怎么世杰今朝还没有回？

纬　想必是他与几位女同学上公园去了罢。

经　（不乐意状）我说你现在也太让他们胡闹了，从前的学校办得非常的好，凭空现在要来实行什么男女同学，对那些无识无知的青年们，讲些"自由恋爱"——这些事情是很危险的呀！你是学校的校长，倘若将来闹出什么事情来了，你是要负完全责任的呀！（恳切状）现在社会上不满意你的很多，这都是因为你的女儿世贞与那个高丽人结婚的反响。（略顿）这种事情也难怪他们要反对，就是我也非常的不满意。你想，文赞多氏是一个高丽人，你怎能使你的女儿与他结婚呢？"

纬　这婚姻的事，完全是世贞自己的自由，我怎能干预呢？

经　（皱眉）在你们这般新人物看起来，似乎不错；但是她嫁给一个门
　　当户对的中国人倒也不要紧，为什么你独独让她嫁给一个高丽人？
　　这不但是有害家风，而且是有碍国体啦！

纬　（微笑）我倒要请问哥哥：高丽人是哪一样不好？请问！

经　唉——枉费你还是留学生的出身，难道高丽人是亡国奴你也不知
　　道吗？

纬　哥哥这话又错了。难道亡了国的人就不是"人"吗？亡了国的人
　　就不能与别人结婚吗？不见得罢？

经　（不耐烦状）与你这种脑筋不清楚的人说话，简直要气死我！（抽烟）
　　　　〔景儿送茶上即退。正经、正纬各自喝了一口茶。

纬　（笑容）请哥哥别动气！"爱情"这件东西是不能与别的东西相比
　　的；它是没有国界种界的；它是"威武不能屈，富贵不能淫"的；
　　它照耀在世界似太阳一样的公平；它好比天上的雨，降在哪儿就
　　落在哪儿的。总之，无论社会上怎样地批评我，怎样地骂我，但
　　我始终认为我的女儿与高丽人结婚是对的；况且这是他们俩的事
　　情，别人是不能干涉的。

经　（起立欲走）请你不要说这些新名词罢，我实在不愿听了。老实
　　说，我的世杰下学期是不准他跟你去受这种可怕的教育，倘若他
　　将来爱上了一个印度婆子，那还了得吗？你简直不会做父亲嘞！
　　（叹气不已）

纬　（起立作强笑）请哥哥不要走，亦别动气，我不再谈说得啦！"木
　　已成舟，米已成饭"，也用不着再说了，我另外还有别的事情要与
　　哥哥商量啦！
　　　　〔正经的四太太——贾晓琴（以后简称"晓"）拿着一本小
　　　　说上。

晓　（笑容）叔父刚来吗？世杰今天怎么还没有回？

纬　我来了一会儿。世杰也想必快要回了。四嫂看的什么书？

181

晓　（着正经睨了一眼，支吾半晌）看的是《红楼梦》。

经　（凶猛状）什么！你又在看《红楼梦》？我前天教你不要看这种书，你又看起来了！你见哪个女人敢看这种淫书？

纬　哥哥，这书看看无妨，是极有价值的文学书。我预备下学期在文学系必修科里要选这本书做课本啦！

经　嗳！（音拉长）那是决计干不得的呀！（略顿，皱眉）你还有什么事情要与我商量，赶快都说罢。我还要去约人来打牌啦！

纬　我今天来，就是要请哥哥给我一点"陈肉桂"。

经　你要"陈肉桂"干吗？

纬　因为我们间壁有个寡妇害"气痛"病已经好几天了，据大夫说，他这种病是很特别的，非要吃廿年前的陈肉桂，否则是不能好的，所以我特地来请哥哥送一点给她。

经　（摇头）这可不成！我那肉桂留了廿多年，我自己尚且舍不得吃，还肯送给别人去糟蹋吗？

纬　（恳切状）请哥哥就送一点给她罢，这是做好事啦！

经　（疑惑状）这件事情与你有什么好处？

纬　哥哥，话不能这样的讲，凡是一件事情与别人有好处的，就是与自己有好处啦——救人即是救己。肉桂在什么地方，请哥哥费神找一点给我罢。

晓　（表同情状）是。您就去找一点给叔父罢。（一边说着，一边催着正经往里走）

经　（不耐烦状）肉桂还在东院楼上啦，这多麻烦。（思索片刻）好，你（指正纬）就跟我一块儿上东院去取罢。

　　　[正经正纬同下后，贾晓琴一面弹琴——悲调——一面唱着。
　　　片刻后，景儿送茶上。

景　四太太，昨天听说老爷想辞退魏禄，究竟有没有这么一回事？

晓　（停住琴声，稍露微笑）奇怪！老爷要辞退魏禄与你有什么妨碍？

何必你要打听呢？难道他与你还有什么关系吗？（喝茶）

景　（颊红，作强笑）我说，四太太说话真有点意思，魏禄是男人，我
　　是女人，我们俩既是道不相同，还有什么关系吗！（稍顿）不过
　　魏禄在咱们家里干了多年的事，的确是我们的一个好"帮手"；
　　倘若老爷辞了他，我岂不是少了一个好"帮手"吗？

晓　哦，原来是这么一回事，我以为你和他还有别的关系咧。放心罢，
　　原先老爷是有辞退魏禄的意思，后来经我从中劝解了一番，才把
　　原意打消了。

景　（笑容）照这样地说来，魏禄倒应该重重地谢谢四太太啦。

晓　（微笑）不但他应该谢谢我，只怕你也要感激我吧！（景儿一笑欲
　　走）喂！景儿——你上门口去候着少爷，如果他回了，叫他先上
　　我这儿来。快去！

　　　　［景儿点头示意，一笑而下。晓琴把琴谱翻了半晌，继续弹
　　　　了一曲之后，贾世杰（以后简称"杰"）带几本洋书急忙上。

杰　（惊慌的低声）四姨！爸爸上稽查处去了吗？

晓　没有。他与你叔父刚才上东院去了。你今天干吗才回？（显出一
　　种很疼爱的样儿）

杰　因为我上公园去逛了一会儿，我爸爸问了我吗？

晓　（愁眉）可不是吗？昨天晚上你睡了之后，你爸爸上我房里来，指
　　牛骂马地骂了我一大顿，说什么"现在世杰大了，人大心大，你
　　总算是他的长辈，不要时常对着他嬉嬉笑笑，教外人看见成何体
　　统哩"！

杰　（恐怖状）咱……咱们俩的事情，恐怕被他看破了罢？

晓　我当初听着他说这些冷腔冷调的时候，我心里只是怦怦乱跳，亦
　　是疑心他知道了，但是到末了，他愈说愈不对了，才放了心。

杰　（恳切状）他到后还说了些什么？

晓　……教我对你说：晚上不要出去，现在外面风声不好，听说不久

就有战事发生。在晚上你就不要出去罢，免得他说些闲话，无事在家里看看书，我每天替你预备一点水果，好不好？

杰　水果？好的！（乐不可言）

　　　［晓琴见世杰衣服上有灰土，忙用自己的手巾，替他拭摸了
　　　一番。

晓　（一面拭，一面说）你看，你在哪儿闹来这一身的土？

杰　刚才外面刮了一阵狂风，公园里吹掉了好些树叶子啦！

晓　（有所感状）我们人在世上，亦好似那些树叶一样，一朝遇着狂
　　风，就难免没有危险。（歔欷半晌）我还有一件最要紧的事情要告
　　诉你。（四面睨视了一周，以口对着世杰耳中密语半晌）

杰　（惊慌状）那……那……怎……怎样地办呢？

晓　世杰——我们俩的事情，我想，迟早总会使他们看破的，魏禄虽
　　是买通了，但是他们这些无知识的人，终究是靠不住的呀，倒不
　　如从今日起，割断这束烦恼免得将来牵累了你罢。（似乎流泪）

　　　［两人的眼光对射着——作成平视线——世杰突于晓琴怀中，
　　　做出儿童哺乳的模样，恰遇景儿送茶上，晓琴力避之。景儿
　　　反假装要寻找什么东西。

晓　（正色）景儿！你找什么东西？

景　不找什么！

晓　没有事，就上去东院，看看老爷在那儿干什么！

景　是。

　　　［景儿着世杰、晓琴脸上一看而下。

杰　（以手抚胸）嗳呀——吓坏我了！

晓　这个鬼丫头现在也变得讨厌了。

杰　（疑惑状）她知不知道咱们俩的事情？

晓　她知道了，也是没有法的。总之，从今日起，咱们俩不要在一块
　　儿为最稳当，免得后来闹出了意外的事情误了你。

杰　（两眼呆看着地，摇头）不……不成……不……我……我宁可死，决不情愿……（说到此处，又想突入晓琴怀中，晓琴力止之）

晓　（正色）世杰！你不要太这样罢，免得又被别人碰见了！（呆了片刻）我的身世你也是知道的；如果我的父母不死在土匪的手里，我也不至被亲戚骗来卖给你的父亲。在未知道我是被骗以前，实指望到此地来升学的，谁知反陷到火坑里来了。唉！（说到此处流下泪来，世杰一面替晓琴拭泪，一面自己饮泣）世杰——如果没有你，我……我早就离开这世界了，就算不，我亦早……你想，我并不是做人玩物的人，怎能忍受你的爸爸的那种……（不能成声）

杰　（泣）你……你别要哭了吧，照拂景儿又来了哩！（稍顿）总之，你死我亦死，你活我亦活！

晓　（拭自己的泪）世杰！你这说的是什么话？我是一个打到廊檐下的废人，是毫无希望的；你正如清晨的太阳，刚要开的花一样，将来的希望还大着啦，怎能与我这种薄命人相比呢？你应当知道你的责任是什么。（略顿）我盼望你还是专心求学，将来娶一个情投意合的……一同替社会办点轰轰烈烈的事业，也不辜负我的一片期望，你我相爱……

　　　　［贾正经在内大声喊道：“你们两人干出这种事情来了呀！”吓得世杰、晓琴全身发抖，世杰带了洋书正欲向外走时，正经由内怒气冲冲地上，拦住了世杰的出路。

经　（凶猛状）晓琴！你知道魏禄、景儿刚才在里面干的什么事吗？

晓　（神色慌乱）不……不知道，他们俩又闹出什么事情来了？

　　　　［正经走近桌旁坐下，一手衬着颊，一手弄胡髭，表示一种怒后沉思的态度。世杰、晓琴见他这等模样，均觉莫名其妙。

经　（怒气冲冲）岂……岂有此理！岂有此理！他们竟敢干出这种无人格的事情来了！

杰　爸爸，他们究竟干了什么事情？

经　你少管闲事！上里面去！

杰　是。

　　　　　[世杰规规矩矩地下。

晓　您凭空着这些冤枉急是没用的，他们干了什么犯法的事情，请对
　　我说吧，让我来规劝他们一番，教他们下次别再干就得啦。

经　（怒目视晓琴）你还规劝？规劝什么！倘若你不放纵他们，谅他们
　　也不敢干出这种无人格的事情！

晓　（低头半晌）好，千不是，万不是，总是我不是；他们究竟干了什
　　么无人格的事情，请您赶快说罢，让我来收拾他们。

经　你瞧，他们竟敢青天白日在门角后面亲嘴，你看他们的胆子大不
　　大？倘若传给外人知道了，岂不教他们耻笑咱们家里没家规吗？

晓　（半信半疑）我想，他们不至干出这种事情来罢？

经　我刚才亲眼瞧着的还会错吗？归你这个懒管闲事的人，就是他们
　　白天去睡觉了，你也莫名其妙啦！

晓　（诧异）奇怪。魏禄、景儿平素共同干事的时候，倒是很规规矩矩
　　的，今天怎么干出这种玩意儿哩？

经　（思索片刻）他们既然有了这种不规矩的事情，非要把魏禄这混帐
　　东西辞掉不可，如果再让他们这样翻天覆地的闹下去，恐怕我的
　　祖宗牌子也会被他们闹翻了啦！你把这个混帐东西叫出来，赶快
　　叫他替我滚蛋！

晓　照我看，还是开只眼，闭只眼，模模糊糊算了罢，警诫他们再不
　　准有下次就得啦。

经　（起立）什么！模模糊糊算了？这种没有人格的人还能使吗？（稍
　　顿）我早就有意思要辞退他，但是你总对我说不会闹出什么坏事
　　情来，现在呢，你瞧呀，亏你现在又要替他作保啦！他与你有什
　　么关系吗？

晓　（稍露不耐烦状）好，随你的便罢！你爱怎样地办，就怎样地办，我也懒管你这种闲事了！

　　　〔晓琴走近钢琴旁坐下，拿着一本琴谱乱翻，脸上显出一种无限的悲哀、恐怖。

经　（大声向内喊）魏禄……魏禄！你还不替我滚出来！

　　　〔景儿心惊胆跳地上。

景　（战战兢兢）老爷——您……您是唤我吗？

经　（两只眼睛横望着景儿）你……你这个鬼丫头，简直气坏老子了，老子花了四十块钱是买你来服侍老子的，谁教你来偷人的！……

　　　〔正经咬牙切齿地将景儿踢了几脚，晓琴见势不对，连忙过来把正经推开，景儿号啕大哭。

晓　（向正经）得啦得啦！你要辞退魏禄，就辞退魏禄，何必打她呢？

经　（气喘喘的）我今天非要打死这鬼丫头不可，老子犹如把那四十块钱抛到水里去了……（一面说，一面怒冲冲欲上）

晓　（推着正经往外走）好啦好啦！您少说几句罢！请进去休息一会儿，何必这样地劳神呢？魏禄的事情也交给我来办吧。

　　　〔贾正经退后，景儿一边哭着，一边以手抚膝，晓琴不禁显出一种怜人恤己的态度。

晓　（怜恤状）你也不要哭了吧，老爷的脾气你还不知道吗？我早就教你们当心一点，你们总是不听，现在既是闹到这种地步了，你哭也枉然吓！（稍顿）哼，为你们的事情，我也不知道受了老爷多少的冤枉气！（叹气不已）

　　　〔魏禄上。

晓　魏禄！现在老爷决意要辞退你，我看你还是赶快走罢，免得后来闹出别的大事来了反倒不好。老爷的脾气你也是知道的，坏起来比什么人都还要坏。

魏　（垂头丧气）我看这件事情，总还要请四太太格外的栽培。

187

晓　魏禄，我老实对你说，这一次可是绝对不成了；因为我刚才已经对老爷说了一大段的好话，他不但不答允，反将我大骂了一顿。实在对不住你，请你还是赶快离开这儿罢。

　　［贾世杰上。

杰　四姨！爸爸请您赶快叫魏禄走啦！（转向魏禄）你们今天究竟是怎么一回事，闹得老爷这样地生气？

魏　（哀求状）四太太，我个人倒不要紧，就是出了贾府的门，我还可以上别处去混一碗饭吃，但是我家里还有六十多岁的父母，一个媳妇，两个小孩……

景　（诧疑）你不是对我说过，你的媳妇早死了吗？干吗现在又对四太太说你家里还有媳妇呢？

魏　（支吾半晌）是……是！我的媳妇早死了……请四太太和少爷替我想想，倘若离开了这贾府，教我怎能养活他们？

晓　你的景况自然是很可怜的，但是你须知道，我在这儿不过是一件死物罢了，是毫无主权的；老爷今天欢喜我，就叫我在这儿，如果明天不欢喜我，还不是要与你一样吗？在这个年头，各人心里有各人的痛苦、各人的悲哀，我自己的烦闷，实在比你的还要厉害得多呀！你们都知道我的出身是四百块钱卖给老爷的——我的身体是不能自由的，你们虽然没有钱，倒有个自由的身体呀！——请你替我想想，我的这种境遇不比你的更苦吗？唉！（叹气不已）

魏　四太太的这篇话固然不错，无论怎样，总还是求您上老爷面前再替我讲个情面。

杰　（向晓琴）照魏禄说得这样地可怜，请四姨再去替他讲个情面罢。

晓　（不耐烦状）你只知道用嘴说，难道你爸爸的脾气你还不知道吗？（思索片刻）既是这样，咱们俩一块儿去说着试试罢。

　　［世杰、晓琴无精打采的同下，魏禄、景儿相对半晌无语。

景　（对魏禄显出一种埋怨的态度）我叫你在青天白日不要太亲热了，

188

免得给别人碰见了难为情，现在好呀，老爷决定要辞你，从此以后咱们俩恐怕难……（似欲流泪）

魏　事到如今，你也不要埋怨我，我也不要怨恨你，总之，你放心罢！这老爷不辞退我则罢了，如果他还是像从前那样的坚决，不肯给我一个脸儿，那么我自有最后的手段对付他。你……你放心罢！（做出很有主意的样儿）

景　他是主，你是仆，他要辞退你，是他的本分，你还有什么手段对付他呢？

　　　［魏禄向景儿耳中说了半晌。

魏　（得意状）你看，我这种法子好不好？他们俩既有了那一件东西在我手里，还怕他们不肯给钱我吗？咱们俩有了钱，在外面租一间讲究的屋子，雇两个当差的，你岂不是太太，我岂不是老爷吗？哈……哈哈，你看好不好？

景　（怀疑状）这……这件事情太对不住四太太，我想是决计不能干的；况且她平素待我们总算好到极点了。

魏　嗳！（音拉长）你又傻起来了！世界上良心好的人有几个？有饭吃的人可以讲良心，没有饭吃的人实在难讲良心；况且现在那些可以讲良心的大人老爷们，尚且不讲良心，我们这些没有饭吃的穷鬼，还有什么良心可讲呢？不要紧！咱们就这样干罢！

景　（半疑半信）就算照你说的办得到，我也不能与你一块儿走吓！

魏　我到外面把房子租好了，百事都筹备妥当了，再来引你逃走吓！

景　（惊状）逃走？这……这……是……干不得的！决计不能！

魏　（急状）你的胆子真太小了，这不能干，那不能干，究竟哪能干呢？（稍顿）我劝你不要疑疑惑惑，还是决定这个主意罢！

　　　［晓琴、世杰同上，景儿悄悄地下。

晓　（皱眉）魏禄！现在的确是无法可想了，刚才我与少爷已经对老爷说了好半天，但终归无效，我劝你还是赶快离开这儿为最好，不然……

[魏禄听了晓琴这段失望的话，知道自己再不能在贾宅立脚了，所以立刻显出一种流氓的神气。

魏 （翻着眼）……不然，怎样？难道把我枪毙不成！

杰 （正色）魏禄！你现在怎么啦！你须要知道，这次并不是四太太与我要辞退你，实在是老爷个人的主见，你为什么对我们要发脾气呢？我们平素待你总算不错罢？

魏 （怒状）我不知道什么叫"老爷太太"，从前我吃了你们家里的饭，你们就是我的"老爷太太"，我现在既不想在你们家里吃饭，什么"老爷太太"我一概不知道了。（愈说愈高声）我现在干脆对你们说：赶快筹一千块钱给我就罢了，不然，我马上宣布你们俩的事情！

晓 （温和的态度）魏禄，请你轻一点声音吧，停一会把老爷闹来了，恐怕你也不能下台罢？

魏 （强硬状）我现在怕什么？

晓 （哀求状）你要原谅我们俩的苦衷呀！

魏 （不耐烦）干脆你们马上给我一千块钱了事，你用不着来这一套吧！

杰 请你想想，叫我们上哪儿去筹这一千块钱？

魏 兴顺银行就在间壁不远，你们可以出一张支票给我自己去兑呀！

晓 你说的是办不到的，因为在支票上非要有老爷的图章，否则银行里是不肯兑款的！

魏 这亦不难，只要你们把老爷的图章拿来盖一个就得了；况且你们在这个银行里兑款的手续是很简单的——只要你们写一张条就可以兑现款的。

杰 （摆头）这……这可不成……不成！

魏 （咬牙切齿）不成？真的不成吗？

晓　（向魏）请你不要性急，让我们在这儿商量一会，你上外面去候着罢。

魏　（稍温和）请你们快一点罢，我是不能久候的！

　　　［魏禄下。

晓　（着急）世……世杰！你……你看这……这怎得了？

杰　（垂头沉思）唉！我决没有想着他还是这样一个不识好歹的东西。（稍顿）事到如今，只好照他所说的去办，不然，他一味胡闹起来，弄给我爸爸知道了，岂不是更糟吗？

晓　你的意思是开支票给他吗？

杰　（点头）除此之外，再没有别的法子。

晓　（思索片刻）难道以后你的爸爸与银行里结账的时候查不出来吗？

杰　这倒无妨，咱们以后再慢慢地想法子对付就得了，最困难的，就是现在不容易把我爸爸的图章拿出来。

晓　（回忆状）图章？我记得……

杰　他的图章放在外面吗？

晓　我记得仿佛是在我的寝室里有一个他的图章，倘若他现在不在那儿，我倒可以去拿来。

杰　那么你赶快想法子去拿来，我马上就写支票，免得停一会有别人来了，倒不好办啦。

　　　［晓琴退后，世杰伏在桌上将支票写妥，仔细看了一番，晓琴慌慌张张地上。

杰　（低声）拿来了没有？

晓　（点头）拿来了。

杰　你瞧瞧这样地写对不对？（支票递给晓琴）

晓　（念支票）"见条祈付来人大洋壹仟元整，此致兴顺银行照兑，贾正经条。"不错，是这样地写的。倘若拿上别家银行去，决不能像这样简单的；兴顺不要紧，一定可以兑到现款，因为你的爸爸是

191

里面的股东老板啦。

  [两人将图章盖完后，魏禄上。

魏 （凶猛状）怎么样了？你……你们商量好了么？

晓
 （强露笑容）好……好了……好了，你……你拿去吧！
杰

  [魏禄将支票接过手，仔细观察一番，放入袋中即欲走。

魏 （抱歉状）四太太，少爷！今天实在对不住您俩，因为我有我的困
  难，还要求您俩不要见怪。

晓 这倒不要紧，只是我们俩的事情，请你务必要保守秘密，决不要
  告诉别人，千万千万！

杰 这是很要紧的！

魏 （笑容）这请您俩放一百廿个心，我既然受了您这一千块钱的恩
  典，还能对别人谈这些闲话吗？放心放心！我决不是这样的人，
  我现在要走了，少陪少陪！

  [魏禄欲退时，正经与正纬同上。

经 （怒气冲冲望着魏禄）你这个东西干吗还不替我滚蛋！（上前欲踢）

晓 （拦着正经）得啦得啦，他立刻就要走的！

  [魏禄显出一种藐视正经的态度而下。

经 （命令状）世杰！你去监督这"忘八蛋"，别要让他偷了咱们的东
  西走。

杰 是。

  [世杰悄悄地下，经、纬各就座。

经 （向正纬）这种东西不叫他滚蛋，那还了得！

纬 （支支吾吾）……

晓 叔父还没有回去吗？我以为您早回去了。

纬 （微笑）没有。我在东院与黄先生讨论了许久的废娼问题。

经 （反抗状）你这不又是好管闲事？在各大商埠，娼妓是万万不能少

的；倘若此地没有娼妓，我们这些人还是闷死的啦！

纬 那倒不见得。我们一面废掉娼妓，当然一面应该建设别的正当娱乐场来代替——例如不纳费的民众剧场……不过最困难的就是，这些可怜娼妓的生活问题。

晓 （对于正纬很表同情的样儿）是，是！叔父对于社会上一切的公益事情，可算真正热心了。

经 （冷笑）热心？他不过是欢喜做傻子罢了！（稍顿，转向正纬）我说，你这么大的年纪，也应该自己放稳重些才好，不要今天提倡这，明天创办那，惹得社会上"怨声载道"。并不是我这个人好说话，差错你是我的兄弟，我不能不尽力地忠告你，如果是别人，我真懒管闲事啦！（一边说着，一边吸着烟在室内踱来踱去）

纬 这倒请哥哥放心，只要是为大家谋幸福的事情，虽是有人反对，我也是决不怕的，并且我还特别欢迎，因为反对我的，就是我的"良师益友"。

〔贾世杰上。

杰 叔父！黄先生请您赶快上东院去啦。

纬 哦！大概是简章写好了。我去看看。

〔正纬退后，正经一面用手指算着，一面自言自语的走着。

经 （自语）老吴欠我八百，我差老张三百，老刘欠我一千二，我又欠他七百，两下相抵，他还要欠我五百……

晓 （向世杰）景儿在后面干什么？

杰 我不知道。

经 （不耐烦）请你们不要说话罢，把我的牌账又闹掉了！（晓、杰俩不敢再作声了，正经还是唧唧咕咕闹了半晌，总是不能清楚）唉——我今是怎么啦，怎么越算越不对了？

晓 你最好是先用笔写下来，然后再算吧。

经 （点头）这个法儿倒不错。世杰！你坐上这儿来替我写一写，这儿有现成的纸笔。

杰　是！

　　　　〔正经将自己的座位让给世杰。世杰用刀裁了纸，研了墨，蘸了笔；正经一边报，他一边写。晓琴仍然坐于琴端继续的看《红楼梦》。

经　（报牌账）吴明甫欠我八百……我差张新臣三百……写好了没有？

杰　写好了。还有呢？

经　（走近世杰旁，将纸拿起来看）不错。你的字倒有点进步了。我再报，你再接着写罢！

　　　　〔电话机上的铃响，正经顺手接之。

经　（接电话）喂！你们哪儿？……贾宅……对吓……有什么事？请说罢……什么！一千块钱的支票？（晓、杰两人立时变色，侧耳听之）……没……没有的事……没有的事……我……我今天没有出支票……你没有兑吗？……那……那好……好极了……人还没有走吗？……喂！请你赶快派巡警把那个兑款的人抓上我这儿来，千万不要让他逃走了，这……这定归是假冒的……费心费心……好……好……回头见！

　　　　〔正经将电话机放下，表现出一种疑惑的态度，在室内踱来踱去，吓得晓琴、世杰两人只是发抖，因为正经在旁，彼此心内只好徒唤奈何罢了。正经由袋内取出烟卷一枝，一面想着，一面转向晓琴。

经　晓琴！你去我枕头底下把那个烟嘴儿取来。

晓　……

　　　　〔晓琴战战兢兢地退后，世杰握着笔发呆，正经走近一把靠椅上坐着。

经　（自言自语）奇怪！还有人敢假造我的支票么？（沉思半晌）哼哼，我自有办法。（转向世杰）写到哪儿了，世杰？（世杰不理会）

喂！你这孩子怎么啦？干吗呆着呀？你还是接着写呀！（起立走
近世杰）

杰　（恍然）是！是！爸爸往下报罢。

经　（报账）刘吉德欠我一千二……写！

　　　〔此时世杰哪里写得下去，只是拿着一枝笔在手中乱抖。晓
　　　琴战栗栗地上，递给正经一个"银折"。

经　（怒状）嗳——-（音拉长）我叫你去取烟嘴儿，你干吗把个"银
折"拿来？你的心上哪儿了？（着世杰、晓琴脸上一瞅）看你们
俩的神色全有点鬼里鬼气！你们究竟是怎么一回事？说！

　　　〔巡警督着魏禄上，对正经行礼。正经一见魏禄不胜诧异，
　　　世杰、晓琴却吓得脸无人色。

巡　贾老爷！这个人（指魏禄）就是刚才去兑这张支票的！（一边说，
一边将支票递给正经）

　　　〔正经看了支票，显出一种不可思议的样儿。看看支票，又
　　　看看桌上的牌账，又着世杰的脸上看看。

经　他是刚才去兑款的吗？

巡　是，他是拿这张支票去的！

经　（又着支票呆看了半晌）好！你暂上这门口去站着，我唤你的时
候，你就进来。

巡　（很恭敬的）着！

　　　〔巡警退。魏禄低着头，做出胆怯的样儿。

经　（凶猛状）魏禄！你现在老老实实地把这张支票的前因后果告诉我
则罢了，倘若有半点隐瞒，我今天非枪毙你这东西不可！（咬牙
切齿）

　　　〔魏禄战栗栗地着晓琴、世杰看了几眼，做出要说不敢说的
　　　样儿。正经走近魏禄作欲打状，魏退后两步。

经　你……你究竟说不说？你不说吗，我马上就要你的狗命！

魏　（泣声）这……这件事情……

经　（厉声）怎么样？照直说！

魏　（吞吐半晌）这……这件事情老……老爷不能怪我……这完全是
　　四……（又不敢说）

　　　　［世杰避着正经，向魏禄暗示摇手哀求——叫他不要说。

经　四？四什么！赶快说！

魏　（着世杰看了半晌）这是四太太和少爷送给我的！

经　（沉思半晌转向晓、杰）奇怪！你们俩为什么要送他这一千块钱
　　的支票呢？这里面究竟是什么，葫芦里卖的什么药？（复将支票
　　看了一遍）一点儿不错！这支票上的字明明是世杰写的！世杰！
　　你为什么要写这张支票给他？快说！不说我今天非打死你这东西
　　不可！

晓　（泣声）老爷！请您原谅我。这件事情实在是我一个人的错处，与
　　世杰毫无关系的！

经　你又为什么要给他这张支票呢？

晓　因为您刚才决意要辞退魏禄的时候，他就对我苦苦地哀求，说他
　　家里还有妻子儿女全靠他过日子，要我帮助他些钱……

经　你就给了他这一千块钱的支票么？

晓　是。

经　（沉思片刻，摆头）不对罢？你平常对于外人不是这样慷慨的；况
　　且你每每用钱的时候，总要经过我的许可，你这一次为什么不问
　　我呢？（略顿）越想越不对了，这里面定归有大玩意儿，（转向魏
　　禄）魏禄！我倒要问你：他们为什么缘故要给你这张支票？老实
　　说来，不然，你的狗命就难逃！

魏　（支吾半晌）这……这……我是……是不能说的……老……
　　老爷……

经　（大怒向内唤）来吓！

［巡警上。

经 （向巡）你……你将这东西先带上衙门里去，我随后就到，今天非枪毙这混蛋不可！

巡 着！（推着魏禄欲下）

魏 （跪下）老……老爷……请您老开恩……饶了小人这条狗命罢……我现在很情愿对您说实话；并且还有一个凭据给您老看，证明我所说的是实在的，不是骗您老的，只……只求您老开恩，饶了我这条狗命……

经 那么你……你赶快照直说吓！

魏 （一边拭着泪，一边着晓琴看看）在这……这儿……我……我……

经 你着他们看什么？尽管照直说！

魏 我……我在这儿实在不能说出口……

经 我已经明白你的意思了，好，你上门口去对我说罢！

［魏禄、正经、巡警三人退后，世杰、晓琴相对无言，只各自痛哭罢了。

晓 （泣）世……世杰……你……你现在赶快逃……逃走…… 走吧……我……我害……害了你……你……我惟有……

杰 （泣）说……说什么你害了我，我害了你，我们俩是心甘情愿的！要……要逃……咱们俩，要死，死在一块儿……鸟已关在笼里，要逃出去，除非用奋斗的精神来打破那万恶的牢笼；除非遇着了相当的机会才能逃出这个牢笼！照现在这种情形看来，叫我们哪能够逃走呢？……唉！自古至今，死在这笼里的鸟不知道有多少呀！……

晓 你……你……不要谈这些……赶快吧！不然，你我全会被……

杰 那……哪儿有机会逃走呀？况且已经……

晓 我倒不要紧，但……但是你……你……千万……万不能……

［景儿急忙跑上。

景 （惊慌状）四太……太太……不好了！老……老爷……手……手枪……赶快……快……走……走……

　　［远远地听着有脚步声，喧哗声，拉拉扯扯的声音。

经 （在后台）不成不成……我……我今天非打死这两个禽兽不可……正纬……你……你千万不要拉……拉着……我……我……

　　［正经喘着气，卷着袖，拿着手枪，凶猛猛地、怒冲冲地由内上，正纬拦着正经上。

纬 ……这……这是千万……哥哥……使……使不得的……万万不能……（竭力将正经手中的手枪夺去）

经 （咬牙切齿）这种禽兽不……不打死……还……还了得……（推开正纬，将世杰踢倒在地，又想过来打晓琴，幸被正纬竭力拉着往内走）

纬 （一面推着正经往内走，一面吩咐景儿）景儿！你……你赶快扶着少爷上寝室里去躺着，赶快……快……

景 ……

经 ……不成……不……不成……今天非要打……打死……简直气死老子了……

　　［正纬推着正经下，景儿扶着世杰随之慢慢地下。此时晓琴独自哭了半晌；左思右想，抱着非"死"不可之势，抬头向满室一瞧——似乎要寻找什么东西的样儿——瞧着桌上的裁纸刀，于是将刀拿到手中，呆了片刻，忽走到室之门口一看，回到原处，再三沉思，正想举刀自刺的时候，世杰略带跛状急忙上，将晓琴手中的刀夺去。

杰 ……你？……你？……你何必这样地……（不能成声）

　　［晓琴倒靠在躺椅上，将世杰的手紧紧地握着，半晌方开口。

晓 现在已到山穷水尽的时候了，实在无路可走呀！……世……世杰！如果有隙可钻，我又何必做这种无聊的自杀呢？喔……喔……

喔喔……世杰！你的身体要紧，还是想个法儿赶快逃走罢！

杰　难道你的身体就不要紧吗？我的，你的都是要紧的呵！照刚才的情形看起来，似乎已经到了山穷水尽、无隙可钻的地步了！但是现在叔父已经将我爸爸拉出去了——这就是给我们一个逃走的好机会呀！我们有了这个机会，就不可自暴自弃呀！（拉着晓琴的手，慌慌张张就想向外走）走！走！景儿已经去替我们开后门去了……快……快……倘若错过了这个机会……

　　　〔景儿提着一个小皮包急忙地上。

景　少爷！四太太……赶……赶快……赶快……我已经把后门开好了……请赶快……走……走吧！

晓　我们现在逃到什么地方去呢？

杰　这倒不要担心，原来我们的生命在世界上就是自由的，好像自由鸟似的，喜欢飞到什么地方，就上什么地方；我们也是这样，喜欢走到什么地方，就上什么地方。难道这么大的一个地球，还没有我们安身立足的地方吗？！

景　……快一点吧！请你不要讲这些闲话！少爷！……

杰　（拉着晓琴的手向外走）走……走……走……我们既是有路可走，何必不走呢？

　　　〔三人慌张同下时闭幕。

**——完——**

本剧第一、二次实演地点均在北京真光电影院。